搶救老師大作戰

鄭丞鈞——著
吳嘉鴻——圖

目錄

1 搶救老師

為了搶救我們后化國小的老師，希望他們不要只待后化一年、兩年，甚至不到一個月就離開。開學前，我拉著羅自傑到林誠偉家，期盼他們能支持我的想法，與我一起行動。

當然要先搶救的，是我們六年甲班的新導師。

還有五天就要開學，我們得利用這短短的幾天完成各項部署，如此一來，搶救老師的作戰，才有機會成功。

或許你會問，既然覺得重要，為什麼會在假期剩五天時，才來進行？

原因是，這計畫我前思後量，考慮了快兩個月，甚至還進行沙盤推演，才在開學前大致底定，但寫計畫是一回事，真的要鼓起勇氣召集大家，對我來說又是一道門檻。

其實行動的日數不多，也有個好處，就是火燒屁股，十萬火急時，說不定更可以激發我們的潛能。

說了那麼多，時間只會繼續減少，剩下的這五天，真的是一寸光陰一寸金，每天都很寶貴，我得竭盡所能、充分利用！

2 畢業典禮

要搶救后化的老師，不是我暑假時胡思亂想，也不是我吃飽沒事做，無聊到想折磨自己及大家。這事如果要追本溯源，得從今年六月的畢業典禮說起……

六月中旬，我們五年甲班五位小朋友以「在校生」的身分，參加六年級的畢業典禮。

我理所當然、當仁不讓的擔任起在校生致歡送詞的重任。

我把從辦公室影印機印出的講稿，每天細心呵護、反覆誦讀——這是五年級的導師曾老師用心擬出的，為了讓畢業生回憶起母校的種種。他把后化國小的景物，比如四棵高大的南洋杉、被市政府列為珍貴樹木的二葉松，還有天空嘯叫的大冠鷲等等，全都寫在文稿中。既然老師都這麼認真，我這做學生的難道可以偷懶嗎？

不過我除了把稿子一念再念，輕重緩急把握得像是準備拿下朗讀比賽第一名外，還認真的記住畢業典禮的每一個流程，準備明年「套用」時，能不慌不忙、了然於胸。

這是身為歷居模範生的我該做的。

只是典禮進行到「介紹畢業生」這項目時，我被現場來賓的反應驚嚇到，甚至震驚到身體凍結，好半天都反應不過來。然後在在校生致詞時，我只能像木頭人一樣的草草讀完稿子，原先澎湃的情感早就消失得無影無蹤。

到底是什麼樣的資訊，讓我如此驚慌失措？

這得怪製作畢業投影片的老師，他太細心也太有創意，為了勾起大家的記憶，他將這屆畢業班的所有導師，放在同一頁投影片上。

當那些笑臉盈盈、神采飛揚的老師們，「呼」的一下出現在禮堂的大螢幕上時，現場來賓這才驚覺，這屆畢業生每年都換導師，也就是一年級一位、二年級一位、三年級一位……。

應該是每兩年換一位導師才合乎常理，可是這一居卻是每年更替，而且前五任老師早就不知流落到何處了。

所以當六位老師一同出現在同一頁面時，「嘩——」、「啊——」、「嘖——」的驚嘆聲此起彼落。

甚至還有「哈哈哈」的輕笑聲。

這些聲音在禮堂迴盪，在我耳裡久久不散。

尤其是大家臉露詭異笑容，互看對方時，更讓我覺得無地自容。

來賓們一定是覺得，沒有人想教后化國小的小朋友，所以才每年換導師……

「我們不能讓老師，還有來賓們覺得我們后化國小的小朋友很差勁。」在林誠偉的家裡，在一支「喀啦、喀啦」作響的老電扇陪伴下，我慷慨激昂的說著：「別忘了，我們已經換了六位導師，比今年的畢業生更慘。」

「有嗎？」羅自傑問。

「有。」我咬牙切齒的說：「我們三年級時，有一位只帶了我們一個月的賴老師。」

「對喔。」羅自傑大夢初醒的說：「他教了我們一個月就走了，然後換林老師教我們。」

羅自傑真的是一個活潑好動，但又頭腦簡單的小男生，能點醒他的人，就只有我一個。

「沒錯。」我說：「等到明年我們畢業時，投影片就會出現七位導師在上面，到時我們會比今年的畢業生更慘。」

「你想太多了吧。」在一旁冷眼旁觀的林誠偉突然說。

我用力搖頭，想把像異形入侵，一直留在我腦海裡的譏笑聲，給用力甩走。

「拜託辦公室的老師，在做投影片時，不要把歷屆導師的照片放進去，不就得了。」林誠偉出主意，和羅自傑比起來，他更敢表達自己的想法。

「那只是欲蓋彌彰而已。我們不說我們有七位導師，別人一樣會傳，說不定最後會被傳成可怕的校園傳說，而且全賴到我們頭上。」

我故意猙獰著面孔，想像自己見到最恐怖的校園傳說。

「可是一直換老師又不是我們的錯？」林誠偉又說。

確實不能把所有的過錯都推到我們身上。

我們后化社區位在半山腰，山下就是濱海公路，這裡不僅飽受海風吹襲，還很潮溼。尤其是冬天，東北季風一來，位在東北角的后化首當其衝，不僅整天溼答答的，很少見到陽光，一些外地來的老師，還說我們這邊有時溫度低到睡到半夜都會被凍醒。

三年前剛上任的李校長，在開學那天，像宣布什麼重大訊息似的，很慎重的對我們全校三十二位小朋友說，后化國小已經從「偏遠」改成「特偏」——也就是「特殊偏遠」的意思。

「但是改了名稱並沒有什麼好處。」李校長補充說：「因為我們校門口有公車站，所以改成特偏也沒有多的補助。」

那幹嘛改呢？

三年前我才二年級，人家說什麼我就聽什麼，現在回想起，只覺得改名稱只有嚇唬人的作用。而且，后化國小也真冤枉，那支公車站牌一天只有一班從淡水來的公車，早上我們還沒到校，它就已經風塵僕僕的開下山。這輛看不到、坐不到的公車，對許多人來說，就如「山中傳奇」般只能捕風捉影。

我們平日最常依靠的，是從山下區公所出發的社區巴士。社巴一天只有四班，而且只能山上山下往返，想往東邊的金山，或西邊的三芝，得再換乘濱海公路上的客運。

交通不便、氣候不佳的確會影響老師留在后化的意願，但我同時想到，我的阿嬤以及社區的老人家們，他們在這裡生活一輩子，不也開開心心、頭好壯壯。如果后化社區真的那麼不堪，他們為何還在這裡待那麼久？

后化應該還是有他的好處，如果再加上我們的努力，把老師留在后化的機率，不就更大？

所以趁還沒見到六年級的導師之前，我們先做些準備，好讓新老師覺得后化的小朋友值得珍惜，后化國小是值得留下來的地方。

3 計畫書

「好啦，你說了那麼多，那我們要怎麼做？」林誠偉問。終於進行到重點。

我故弄玄虛的「嘿嘿嘿」笑著，然後從包包裡拿出一本筆記本。

「搶救老師……大作戰……」羅自傑看著筆記本的封面念著，上頭有我用黑色簽字筆寫的幾個大字。

「沒錯。」我用力的說：「這是我的『搶救老師大作戰』計畫書。」

「大作戰？計畫書？」林誠偉用懷疑的語氣複誦著。

「對。」我對我構想了快兩個月的作戰計畫自信滿滿，尤其是前幾個任務，只要目標達成，一定能討老師歡心。

五年級的曾老師曾要我們擬出畢業旅行的計畫書，林誠偉、羅自傑和我，三個男生一組。小組討論時，他們兩個如往時那樣，嘻嘻哈哈的盡說些有的沒有的，所以真正動腦、動筆的人是我。

畢業旅行計畫書我寫得很開心，也認真的在班上分享。曾老師說我們這組的計畫確實可行，除了詳盡，各項數據都很可靠，比如交通工具的時刻表、旅館的住宿價錢等。只可惜曾老師只待一年就離開，他引導的畢業旅行計畫成了空中樓閣。不過沒關係，我把學到的企劃能力移轉到此次作戰計畫上，而且一定徹底執行，不會只是只聽樓梯響，不見人下來。

「來來來，簽個名。」我拿出筆，要他們在封面上簽名。之前的畢業旅行計畫也是如此炮製，曾老師說同一組的夥伴要一齊在封面簽上名字，表示負責及同心。

「簽了會怎麼樣？這裡面寫什麼？」林誠偉問。

「我不會害你們，想想看，從幼兒園到現在，我有害過你們嗎？」我動之以情、曉之以理。從幼兒園到現在，我都和他們同班，也確實沒陷害過他們。

「簽了絕對有好處。」我誘之以利。

「什麼好處？」羅自傑問。

「待會兒就知道囉。」

「好吧。」羅自傑從我手上接過筆，準備簽上他的大名。

「你幹嘛簽啦。」林誠偉笑他。

「陳亦庭是模範生，我媽媽常說我要多學他。而且他之前的畢業

搶救老師
大作戰
參加人
陳亦庭

旅行計畫也寫得很好。」

羅自傑很乾脆的在封面的下方，我的名字旁，寫上名字。想不出反對的理由，林誠偉也只好草草的簽上自己的大名。

「太好了。」我開心的將筆記本翻開，第一頁寫了個斗大的「任務一」標題，底下則有文字說明。林誠偉他們全湊過來，屏氣凝神的細看我寫的內容。

屋子裡寧靜了片刻，十秒鐘後，林誠偉突然大喊：「這什麼啦！」

4 任務一

林誠偉指著我寫的內容說：「任務一居然是剪頭髮？這是什麼作戰計畫？好無聊。」

「怎麼會無聊？」我笑臉相迎，心情一點都不受影響。

「下一個任務是什麼？」林誠偉想翻看下一頁。

「欸！」我用力將筆記本闔起來，一本正經的說：「等任務一完成，才可以看任務二。」

「除了剪頭髮，還要每天洗澡、洗頭，多帶一件T恤到學校替換……」羅自傑念著，他記憶力不錯，把我寫的重點都說出來了。

「這些跟搶救老師大作戰有什麼關係？」林誠偉問。

「當然有關係。」我說：「想想看，如果我們把頭髮剪得乾乾淨淨，開學那一天，新老師一見到我們，會不會留下好印象？」

羅自傑點頭。

「那每天洗澡、洗頭，多帶一件T恤，又是怎麼一回事？」林誠偉繼續追問。

這原因老師以前都有說過，林誠偉應該是明知故問，不過沒關係，我的特長之一就是很會長篇大論，很愛跟人講道理。我開始平心靜氣的說著：「你和羅自傑每天在學校跑來跑去、玩來玩去，每天都汗如雨下，弄得全身都是臭酸味，如果回家不洗澡、不洗頭，第二天還帶著那怪味來上學，老師還會喜歡站在你身旁嗎？」

有一次五年級的曾老師上數學課，他想指導林誠偉數學，結果一站過去，居然是對林誠偉說：「你全身都是汗臭味，以後記得多帶一件上衣來學校換。」

至於每天回家洗頭、洗澡，是老師們偶爾就會談論到的話題——比如某某小朋友好幾天沒洗頭髮，或是某某小朋友週末時該洗外套了，我不經意聽到，卻用心的記在心頭。我現在將它當成作戰任務，相信只要每日做到，老師們一定會很開心。

「好、好，我知道了。」林誠偉打斷我的話，不讓我說下去。

「第一個任務不會很過分吧？」我說：「只要盡到該盡的責任，老師見到我們的好，就會捨不得離開。」

羅自傑又對我點一下頭。

「洗澡、洗頭，多帶一件T恤我開學後會做。」林誠偉說：「至於頭髮，我改天找時間剪。」

「不用改天。」我說：「我們現在就下山剪。」

「現在？」羅自傑嚇了一跳。

「沒錯。」我說：「要積極點、果敢點，不要猶豫，不要徬徨，說走就走，說做就做。」

「你好像課本裡的窮和尚。」林誠偉說：「是要去山下的石門嗎？」

「窮和尚」是中年級國語課本裡的一篇課文。

「不是，我們一起去三芝剪頭髮。」我看看時鐘，說：「再過半小時社巴就會來，我們就坐車去三芝吧。」

羅自傑、林誠偉一聽，眼睛都亮起來。

雖然后化社區位在山區，不過我們不是鄉巴佬，我們也常跟著家人到熱鬧的市鎮採買，學校也會租遊覽車，帶我們到市區校外教學。

但我們三個男生相約出遊，卻是從小到大第一次。

「林誠偉。」我開始指揮：「你打電話跟你阿嬤講，說我們中午前就回來。羅自傑，我跟你回去，幫你跟阿公說我們要去三芝剪頭髮。」

規畫過三天兩夜，跨越數個縣市的畢業旅行，現在要處理至多兩個小時的剪髮之旅，對我來說是小菜一碟。

而且我故意不在山下的石門剪髮，特意坐車到更熱鬧，距離后化有十五公里遠的三芝，除了出奇制勝，不讓他們倆猜透我的心思外，也是為了讓他們覺得新奇有趣。

才剛起頭，不應該馬上就是枯燥乏味的任務吧。

「好。」果然林誠偉喜孜孜的回應我。

我們三人當中，林誠偉最自由，因為他爸爸和阿嬤都不太管他，也管不住他。我特意要他打電話告知，其實是在提醒他，出門向家人稟告，是好孩子該做的事。

5 坐車

羅自傑的阿公已到山裡工作，他媽媽今天休假不用上班。我於是有禮貌的跟她說，因為要開學了，我要和林誠偉、羅自傑到三芝剪髮。他媽媽一聽，馬上點頭如搗蒜的說好。

我覺得我在他媽媽心中，就像一塊金字招牌，無論我推銷什麼產品，她都會買帳。不過這塊金字招牌也是我努力經營多年才擁有的。

完成羅自傑家的任務後，我獨自回家跟阿嬤說明。

一到家，就見到爸爸工作用的藍色小貨車停在家門口。一樓不見爸爸人影，也沒聽到他說話的聲音，就表示他還在二樓睡覺。這一年多來，爸爸常常如此，白天睡、晚上也睡，好像上輩子從沒睡飽，這輩子要趕緊補眠一樣，不過幸好他以前做水電賺了一些錢，所以家裡還不至於斷炊。

阿嬤在後面廚房忙，我跟她說要和林誠偉、羅自傑去三芝剪髮，中午前回來。

「為什麼不在石門剪？跑到那麼遠的地方做什麼？」阿嬤念著，沒等我回答，她就塞了兩百塊給我。

「我出門了，社巴要來了。」錢一到手，我掉頭就走。

我自己也有錢，只是大人願意多給，我當然是來者不拒。

后化國小的小朋友其實都很有錢。我不知道別處偏遠或特偏小學的小朋友家境如何，但是后化國小的孩子，普遍都不用為小錢煩惱。林誠偉是全班最有錢的人，他爸爸和改嫁到臺北的媽媽，都會塞錢給他，羅自傑書包裡也有好幾張百元鈔。有一次上課，老師提到他小時候為了要買想要的東西，曾偷爸媽的錢，不明就裡的羅自傑還問他，為什麼要偷錢？

羅自傑會這樣問，是因為大家都有錢，幾百塊、上千元，我們都拿得出來。

後來老師很感慨的說，原來后化國小最窮的人是老師。

我正要推開紗門往外走，阿嬤突然從廚房探出頭對我說：「你要不要去叫你爸起床？」

「不要，叫了也沒有用，他不會起來的。」

「都已經那麼晚了，還不起床……」阿嬤嘀咕著。

「要叫妳自己去叫。」說完，我趕緊離開屋子。

不是我不幫阿嬤，是爸爸太懶散，自從媽媽離開我們後，爸爸就提不起勁去工作。爸爸是水電師傅，他手藝好，價錢又公道，大家都喜歡找他，再加上我們這裡潮溼又靠海邊，東西容易故障，所以他生意好到應接不暇，有時還得在電話裡跟對方說抱歉，因為沒法如期趕過去。只可惜一年多前家裡發生變故後，他就無心去工作，每天賴在家裡蒙頭大睡，連朋友找他出去吃喝、散心他都不要。

阿嬤已念他一年多，爸爸還是一蹶不振。

我也想不通他為何會如此，我都可以振作，繼續拿更多的模範生及期中、期末考獎狀回來，他怎麼就沒法再去工作，拿更多的鈔票回家呢？

不過沒關係，再等幾年，等我成年，我就可以撐起這個家，到時就不用阿嬤煩心，爸爸也可以更安心的去當睡神，繼續去睡他的大頭覺。

后化社區的公車站牌就只有一支，就立在后化國小校門口的正前方。當我見到站牌時，羅自傑和林誠偉已經站在那裡，他們嘻嘻哈哈的笑鬧著，大老遠就可以聽到他們誇張的笑聲。林誠偉常說一些無聊的笑話，剛巧羅自傑笑點又很低，兩人湊在一塊，總有無窮無盡的話題可聊，我有時羨慕他們，有時又覺得他們游手好閒、不務正業。

「我們等你很久了。」林誠偉說。

其實乘坐社區巴士並不需要招呼站，只要在路旁隨手一招，巴士就會停下來載客，這是給山區居民的一項便利。而這支公車站牌是專門給那部我印象中從沒搭過，一天只有一班的公車用的，不過我們下山時，還是會習慣站在這裡等社巴。

「又沒關係。」我說：「車子又還沒來，提早來只是曬太陽而已。」

有時我也必須跟著他們倆講一些無聊話，這樣才顯得夠麻吉。招呼站除了我們之外，並沒有其他人在等車。后化社區的人很少，好半天都看不到一個人影，因為太寂靜，講話都會有回音。不過數十年前的后化社區不像現在這樣，到處都是空屋，阿嬤說以前的后化國小有好幾百位學生，晚上校門口還有夜市，人來人往，好不熱鬧。

阿嬤的過去我來不及參加，我只能跟阿嬤敘述現況——校門口前方的馬路，每天都有不要命的狗躺在路中央睡覺，社區的車子少到連狗都不知道平坦的馬路除了睡覺、做日光浴外，還有什麼用途了。

等不到幾分鐘，社巴就來了。裡頭坐了幾位我們不熟識，偶爾會在社區巴士上遇見的老人家，我們不理會他們，逕自在社巴裡聊天，年輕的司機很熱情，除了在山路上開快車外，也搶著跟我們說些有的沒有的。

十餘分鐘後，社巴來到石門區公所前的停車場，這裡就比較有人氣，除了有兩間便利商店外，還有農具行、麵攤等商店，路上也有居民來回走著。這裡不是我們的目的地，我們於是越過大馬路，到對面的站牌等車。

這時公車站牌上不斷出現的車次訊息就有很用了，我們可以清楚知道幾號車幾分鐘後會到。社區巴士對我們來說，就像家人般親切，坐社巴也像坐在家中客廳般自在，可是公車就不一樣了，車子一來，我們規規矩矩的上車，規規矩矩的感應悠遊卡，車上都是陌生人，司機也面無表情的從大小後視鏡上瞪視我們。我不好意思大聲說話，只

好有一搭沒一搭的呼應林誠偉他們的話題。

車門一關，公車「轟轟轟」的發出有力的怒吼聲，車子飛快的在北海岸的濱海公路上奔馳。這一帶是風景區，海岸風光對久久才來一次的外地人來說美不勝收，「石門洞」和肉粽店更是他們駐足停留的景點，但在地的我們並不覺得稀奇，反而是車子裡沁涼的冷氣，才是提振我們精神，讓我們讚嘆不已的美麗風景。

公車一下停一下開，車門才開關幾次，二十分鐘左右的旅程就結束，我們已經來到三芝了。

6 剪髮

「要去哪裡剪？」林誠偉問。

「跟我走。」我說。

我們頂著烈日走了一段路，幸好路上人多，兩旁的店家也很熱鬧，羅自傑他們東指西指、說說笑笑，心情好到連路旁的廢輪胎也可以笑鬧一陣，所以沒空對我抱怨。最後我帶他們來到連鎖超市，超市裡有一間百元理髮。

「哇，我姊也曾帶我來這裡剪過。」羅自傑說：「我姊說這裡剪得不錯。」

羅自傑有三個姊姊，他是全家最寶貝的小弟，有他姊姊的推薦，我心裡更篤定了。

剪髮前，得先到售票機買票。我拿出一百元，很快就換得一張剪髮券，但林誠偉的百元鈔卻出問題，我們用盡各種方式，將鈔票從正面送、反面送，還是前後顛倒再送，但奇怪的是，這張鈔票被吸入後，不到兩秒鐘，機器就「嘰嘰嘰」的將錢吐出來。

「是假鈔嗎？」林誠偉說。

「還是不好吃？」羅自傑說。

「要拜拜啦！」林誠偉說完，就對著機器合掌膜拜，羅自傑見狀，也跟著一起胡鬧。

「嘻嘻嘻……」

「哈哈哈……」

我出聲制止，只是他們不聽勸，最後是剪頭髮的姊姊板起臉孔說別玩了，林誠偉他們才住手。

剪頭髮的姊姊還拿出一張百元鈔，要和林誠偉換，結果林誠偉說不用了，他還有其他百元鈔。

「為什麼不早點拿出來用？」我說。

「因為我想知道這部售票機倒底哪裡出問題。」林誠偉這樣回我。

我感覺到腦袋裡有座活火山在噴發。

其實我也曾想過，搶救老師的作戰計畫，任務一就是和美國太空總署合作，將林誠偉和羅自傑他們，發射到太陽系以外的行星。

但如果被那些離開后化國小的好老師們知道，我的計畫是如此，他們應該會不開心。我想他們最高興的事，就是林誠偉他們能步上正軌，而不是被送到其他外星軌道。

「要怎麼剪？」理髮姊姊的詢問聲，將我自外太空拉回地球表面。

「剪短。」我代林誠偉回答。我讓林誠偉先剪，他現在還算乖巧的坐在椅子上。

「那兩邊要不要理高？」

「好。」

林誠偉還不明就裡，理髮的姊姊就唏哩嘩啦的開始動

作，不到三兩下，一顆有著全新風貌的腦袋，在前方的鏡子裡出現。林誠偉剪完，接著就換羅自傑，以及我。

我們三個人的髮型相同，腦袋四周理高，只有頭頂留有兩至三公分的短髮，有抓到一些些流行的味道，更重要的是，理完頭髮的我們，看起來很有精神，感覺更像同一組的成員。

林誠偉不斷用左手摩挲他的後腦勺，那會讓手心刺刺的，有一種無法言喻的暢快感，羅自傑在暑假增高、增壯不少，現在頂著新髮型，更成了帥哥。見到他們都露出滿意的笑容，我於是心情愉悅把他們拉到賣場裡。

「要買菜嗎？」羅自傑問。

「不是。」我說：「為了犒賞你們，我請你們吃冰淇淋。」

他們開心得說不出話來。冰淇淋冰涼的快感，以及牛奶的甜香，讓我們信心十足的頂著八月的烈日，走回三芝的公車站。為了趕上從石門到后化社區的社巴，接下來的每一步驟都不能有漏失，因為萬一上午十一點的社巴沒趕上，我們就得在山下等到下午三點半，或是花五十分鐘的時間走山路。不過我事前有拜託社巴司機，如果我們慢到，請他盡量慢一點出車——在鄉間就是這麼有人情味。

終於，我們在十一點二十分左右，回到后化國小的公車招呼站，剛好趕得上回家吃午餐。

「任務一不難吧！」我問大家。

羅自傑點頭。

「我們一起喊，」我大聲說：「任務一——成功——」

結果他們都不開口，只有我一頭熱的大聲呼喊，幸好四周都沒其他人，所以也不覺得丟臉。

「回家記得先洗頭，開學後也別忘了保持衛生。」我叮嚀著：「我們下午一點半，再到林誠偉家集合。」

「要幹嘛？」林誠偉問。

「別忘了，還有任務二。要開學了，我們要加緊腳步。」我說。

「任務二是什麼？」羅自傑好奇的問。

「下午就知道了。」我給他一個微笑，然後就加快步伐的走回家，肚子餓了，真想好好飽餐一頓。

7 暑假作業

下午約定的時間還沒到，我就先到林誠偉家。他正半躺在沙發上昏昏欲睡，那支已有相當年紀，鐵製外殼鏽跡斑斑的電風扇，正有氣無力的吹著他。

「你中午吃泡麵？」我指指客廳矮桌上一碗已經吃空的泡麵碗問。

「對……」林誠偉懶洋洋的。

剛剛在三芝及石門，我有提醒林誠偉要不要買便當，他都搖頭說太麻煩——他早已構想好今天的午餐，就是一碗快和一份便當一樣貴的奢華泡麵。

林誠偉的阿嬤在山下幫忙賣肉粽，有時中午會從山下買便當回來給他，然後再匆匆騎車下山，回店裡上班。不過更多時候是林誠偉自己到山下的便利商店買微波食品，或是泡泡麵吃。

后化社區沒有商店，連最簡單的泡麵，也必須自山下購得。我運氣好，出生時，阿嬤就不再工作，留在家裡照顧我，所以我餐餐不用擔心，只是有時她外出不在家，我就會和林誠偉一樣吃泡麵。偶爾才吃得到的泡麵，這時就成了珍饈。

「待會兒的任務二跟羅自傑有密切關係，不過我需要你配合。」──趁林誠偉還沒睡著，我趕快將重要訊息傳遞給他。

林誠偉從四年級開始，身材就往橫的發展，人也變得慵懶，有時學校午睡結束起不來，還要我們叫他、搖他、搧他巨風、踢他桌腳，才會甦醒。他腦袋反應很快，可惜身材一變形，人有時就懶散起來。

我想他體重比身高增長得更快速的原因之一，就是家人給他太多零錢，讓他太容易從便利商店買到各式飲料，以及高油、高鹽，加很多調味的食品來吃。

「唔……」

「喂，看完我的任務二，再來睡吧。」

我一把筆記本拿出來，羅自傑就推門進來。

「對呀，任務二是什麼？」羅自傑說，原來他已在門外聽到我在說話。

「一起來看。」我翻開筆記本，只有羅自傑湊到我身邊，只是不到三秒鐘，他就像吃了酸梅一樣，整張臉皺成一團，還不開心的說：

「這是什麼啦？」

「喂，林誠偉——」我望向沙發上的林誠偉，大聲呼喚：「你暑假作業寫完沒？」

「唔……唔……」傳來像某種動物的呼嚕聲，我不放棄的繼續呼喚：「林誠偉，你暑假作業倒底寫完了沒？寫完才可以繼續睡！」

「寫……完了……」

好了，暫時沒林誠偉的事了。

我看向羅自傑，他面如死灰，還慌張的說：「我……我也寫完了……」

「騙人。」我斬釘截鐵，像一位準備要宣判罪行的判官，只是見他如此驚慌失措，心裡還是有些不忍，於是先讚美幾句：「你有洗頭髮，我有聞到香味，很不錯。」

「我……我真的寫完了……」羅自傑繼續辯解。

「有沒有寫完，把作業拿來就知道了。」

羅自傑偶爾就會忘記寫作業，他最常用的理由就是：「功課放在抽屜，忘了帶回家。」

每天一早，老師心情好壞的指數之一，就是看羅自傑有沒交齊作業。也因為如此，我把「每天完成回家功課」，當成是搶救老師大作戰的任務二，而任務二的首要工作，就是檢查羅自傑在開學前，有沒有把暑假作業完成。

「你把暑假作業拿過來，我幫你檢查。」我說：「我現在就跟你回家拿。」

「我……我把暑假作業放在學校，忘記帶回來……」他越說越小聲。

「休業式那天，我看到你把暑假作業放進書包。」我說：「曾老師要求我們將抽屜清空，我親眼見到你把作業帶走。」

「我……我……」

「別擔心，我要你把作業拿來，是要幫助你完成作業，好讓新老師有好印象。」我改用溫柔的語氣說：「你不會我可以教你，只是教會之後就要記得。老師說過，小朋友寫完功課，就像老師準時來上課一樣，是一種責任，知道嗎？」

他只好點點頭，同意我到他家拿作業。

快兩點了，正是一天中最熱的時候，后化社區像被鍋蓋籠罩在燠熱的鍋子裡，沒有風、沒有喧鬧的蟬叫聲，更沒有居民在走動。在這連狗都嫌熱，都不想躺在柏油路中央的炎熱午後，只有我和羅自傑頭頂烈日，在為搶救后化的老師努力作戰。

羅自傑的媽媽一見我們進來，就笑咪咪的問候我。

「我想和羅自傑一起檢查暑假作業。」我有禮貌的說。

「謝謝你，陳亦庭。」他媽媽開心的說：「如果羅自傑能像你這麼用功、這麼乖巧，就好了。」

然後我這才發現，羅自傑將書包棄置在客廳的一角，並沒有拿到他的房間。

「你是不是休業式那天一回到家，就把書包丟在這裡不管？」我問。

「……」

羅自傑嘴角蠕動了幾下，也不知道在說什麼。

「書包提起來，全部拿到林誠偉家。」我下令。

「謝謝你。」羅自傑的媽媽則繼續客氣的跟我道謝：「羅自傑就靠你幫忙了。」

我們踩著原路回去。

雖然早預料到會有這樣的結果，但我還是一路念著：「作業一定要一回家就寫完，然後才能休息；如果功課忘記帶回家，可以趕快回學校拿，或是第二天早一點到學校寫，這樣才不會被老師罵，老師也不會一天到晚說他快被氣死了……」

羅自傑安靜的聽著，他在家裡脾氣很大，爸媽，以及三個姊姊都管不動他，他在學校也很調皮，玩東玩西的，但奇特的是，老師念他時，他會默默的聆聽，我跟他說教時，他也不回嘴。羅自傑對課業沒興趣，腦袋也沒林誠偉靈光，不寫作業的原因之一，應該是不會寫、沒信心。

為了挽救后化的老師，我決定每日放學當他的家教老師，盯著他完成作業。

我想他一定不願意，但如果慢慢的，他能自己獨立完成的話，我就會讓他單飛。

唉，這樣或許會很疲累，但想想，也算是做好事吧！為學校、為老師、為羅自傑，也算是為自己好。

「我們可不可以跟新老師說，我們沒有暑假作業？」回到林誠偉家，羅自傑突然對我說。

我想，回來的路上，沉默不語的羅自傑，並沒有把我的話聽進去，他的腦袋一定都在思索要如何避掉這份暑假作業。

「那要跟林誠偉，以及另外兩個女生約好；還有，連校長、主任，以及其他后化的老師都要講好，否則很容易穿幫。」我馬上反駁他的想法。

「我們換新校長，校長是新的，他不知道我們有暑假作業。」羅自傑說。

剛調走的李校長三年前來后化時，豪氣干雲的說她會待在后化六年，正好可以在這裡退休，沒想到三年的任期一到，她就請調回市區去。

現在的新校長是誰，姓什麼，我也不清楚。

「校長不重要，老師才重要，校長換來換去，還不都一樣，對我們小朋友來說，老師才重要，我們要搶救的是老師。」我說：「還有，別再做白日夢了，快把暑假作業寫完。」

作業只有兩張數卷、一張閱讀心得單，還有一星期一篇的小週記。

在我的監督下，羅自傑只好硬著頭皮，一頁一頁的把作業完成。

怕造成下一位老師的困擾，曾老師的暑假作業真的不多，但要一口氣把它完成，也要花一番工夫。羅自傑每完成一部分，我就讓他在社區裡短跑一圈——從林誠偉家跑到他家，再跑到我家，然後再回來。

這是我從老師身上學來的招數，要一鬆一緊，才不會把橡皮筋繃斷，學習才能持續。

羅自傑一聽到可以出外蹓躂，也不管天氣多熱，馬上像一陣風似的衝出去，過了十分鐘，他氣喘吁吁的跑回來，休息個五分鐘，又繼續寫起暑假作業。

一個多小時後，林誠偉醒來。

「哇，好熱！」林誠偉抹抹脖子上的汗水說：「你們怎麼沒叫我？」

平時在班上，午睡一結束我們就會叫他，因為老師會要我們幫忙，現在是暑假，再加上他又不是國色天香的睡美人，根本沒有要他起來的必要，所以就隨他睡個飽。

見沒人理他，林誠偉又好奇的問：「你們在做什麼？」

「陪羅自傑寫暑假作業。」我說。

「我的暑假作業已經寫完了。」林誠偉說。

「我知道。」我和羅自傑異口同聲的說。

「我又沒講，你們怎麼知道？」

我沒回應他，只說：「任務二，就是完成每日的功課，讓新老師有好印象。所以我們現在要陪著羅自傑完成暑假作業。」

在我的要求下，林誠偉為羅自傑講解幾題數學。林誠偉理解力強，但沒耐性，煩雜的算式他常出錯，要他講解數學，也是馬馬虎虎的糊弄過去。

要林誠偉教數學的目的，是想告訴羅自傑，連他的哥兒們，都支持任務二，那他每天的功課可要好好完成才行呀！

羅自傑的作業我們直到第二天上午才全部完成。

其中最困難的就是暑期這兩個月的週記。羅自傑的腦袋裡幾乎沒有任何有用的記憶，可以用在書寫週記上。每週記憶最深的事，就是玩他媽媽的手機。

「不能每一篇都寫玩手機。」我說。

「那我不知道要寫什麼？」

要羅自傑時光倒流，回憶起暑假第一週、第二週、第三週……發生過什麼事，簡直像割他的肉一樣痛苦。但我們又不能把自己的生活經驗借給他用——每個人的日子過得不同，即使在同一間教室上課，每個人的想法也不同，所以不可以像複製檔案那樣的拷貝、貼上。

這是我對寫作的堅持。

我和林誠偉花了很多時間，像榨甘蔗汁一樣，用盡氣力絞乾羅自傑的腦袋，才勉強幫他補齊週記。

恢復記憶是一件苦差事，要羅自傑寫出流暢的語句，又是另一件比喝苦茶還苦的任務，我用的方式是，要羅自傑說出那件事件的始末，以及想法，然後我再補充一些詞句進去，最後才讓他寫在日記本中。

這方法也是曾老師在用的，每次遇上羅自傑他們說不知道要寫什麼的時候，他就用這招，我是現學現賣。

明白告知他們任務二之後，也算完成階段性目標。

接下來是任務三。

我拿出筆記本翻開下一頁，林誠偉及羅自傑卻興趣缺缺。

才剛完成一項艱鉅的任務，所以他們心中怕怕的，不像昨日那般熱烈。

「任務三由我承擔、由我進行，你們別緊張。」我說：「還有，你們不覺得先擬出明確的目標後，就更知道自己要怎麼做嗎？」

「任務三倒底是什麼？」他們倆一齊問，他們不想聽我長篇大論。

「是你的暑假作業還沒寫完，要我們幫忙嗎？」羅自傑說，他故意取笑我。

「才不是。」我語重心長的說：「這任務真的很困難，我自己來進行，你們陪在一旁看。只是，我也沒把握能順利完成……」

8 昨晚的思考

昨晚，我躺在床上思考好久。

羅自傑的暑假作業已順利進行中，預估明早就能完成，至於日後每天功課的達成率，就等開學後再來操煩。

那明天要進行的任務三呢？

想到任務三，身為一個男生，我實在沒十足的把握。

我可以盡力做到一些想要完成的目標，比如勤寫練習卷，讓自己期中、期末考考第一，或是絞盡腦汁，把作文寫得文情並茂，甚至每節下課帶著林誠偉、羅自傑他們，到各班拜訪、拉票，遊說其他年級的小朋友投我，讓我在五年級時打敗六年級的學長姊，成為代表后化國小的校模範生。

只是任務三真的很困難，難度同登天摘星、摘月一般，這事不是盡力就能完成，不過在還沒正式作戰之前，我當然不能先退卻——那麼無膽的話，哪還有資格跟人家談搶救后化國小的老師？

所以暑假時，我不斷思索要如何進行。許多步驟我反覆修改，甚至請阿嬤與我一同演練，只不過阿嬤那麼老，她們那麼年輕，再怎麼演練，也不可能模擬出一模一樣的狀況。

沒有錯，我煩惱的，就是我們班那兩位女生。

我們班有三個男生、兩個女生，一共五人。有位老師曾對我們說，就是因為有女生，才讓我們班那麼多采多姿，那麼有生氣，如果人數過少，比如我們的下一屆只有兩個人，而且都是男生，那個班就會無聊到快不能呼吸，讓人要溺死了一般。

只是李辰瑩、張靜宜這兩個女生偶爾也是會讓老師生氣的，因為她們一下子好，一下子又吵嘴，讓我們每日如霧裡看花，都猜不出她們今天在演哪一齣。

期末考那一週，她們兩人鬧翻了，一直到休業式那天，仍在交惡。

個性不同再加上家庭背景，讓她們的關係更錯綜複雜。

后化社區有很多的特產，茶業就是一項。很多人都不知道，從日本時代開始，這裡就有很多茶葉出口到國外，雖然後來茶產業萎縮，但仍有許多在經營的茶園，張靜宜他們家就是茶農，李辰瑩他們家則是專門收購茶葉的茶行。聽說，原本今年張家的茶葉要賣給李家茶行，沒想到中間殺出個程咬金，撒重金把張家的茶葉全買走了。結果李家說張家沒有誠信，說話不算話；張家則說李家故意壓低收購價，壓榨茶農。

大人齟齬影響到兩人的友誼，原本個性南轅北轍，但因為沒有其他女同學，又相依為命的她們，這下關係降到冰點以下，連曾老師想要協調也沒用。

「好啦，我不管妳們了，我要去放暑假了。」曾老師兩手一攤，表示莫可奈何，只能去放暑假。其實他不只要放暑假，是放假的隔天，就要離開后化，再也不插手她們兩人的紛爭。

連這麼有心的曾老師都無法解套，可見她們倆的糾結是多麼難分難解！

只是我們不能把這麼棘手的事丟給新老師，這會讓新老師不喜歡這裡。

在開學前，我想讓她們兩個和好，並且曉以大義的把搶救后化老師大作戰的宗旨告訴她們。

但我沒把握，因為那兩個女生真的很厲害，比如張靜宜就曾拉著李辰瑩過來跟我說，要不是班上只有兩個女生，只有兩票，不然模範生早就是她們其中的一個。

我聽了心驚肉跳，惶恐不安，的確沒錯，其實只要她們再下一點工夫，向我們班其中一個男生拉票，我很有可能就不是當年度的模範生。

那兩個女生好厲害呀！

所以當我把任務三說給羅自傑、林誠偉聽時——不看筆記本，直接用說的了，他們都一副幸災樂禍的樣子。

「是你說的，要去勸她們和好的喔。」林誠偉像一隻過胖的貓咪，瞇著他的小眼睛說。

羅自傑則在一旁賊賊的笑著。

「你們覺得，還有什麼好方法可以讓她們和好？」我問。

「她們怎麼可能和好，我聽說連大人都不往來了。」林誠偉說：「更何況曾老師也試過了。」

「那你呢？」我問羅自傑。

他只會聳肩，什麼意見都不說。

「好，那我要你們幫忙一件事。」我吞了吞口水說：「就是跟我一齊去找李辰瑩。」

我要他們陪我壯膽，沒想到林誠偉馬上說好。

「為什麼答應得這麼快？」我好奇的問。

「因為他想看你出糗。」羅自傑說話了。

「沒錯。」林誠偉笑嘻嘻的，一副沒安好心的模樣。

「哼。」我嗤之以鼻，表示不在乎，接著下達作戰指令：「休息二十分鐘，二十分鐘後，騎車到我家集合。」

「我又沒腳踏車。」羅自傑說。

在山區騎腳踏車並不方便，所以不一定每家小孩子都有自己的腳踏車。

「叫林誠偉載你，或你騎他的車，你載他。」

「那車子會不會爆胎，林誠偉那麼重……」

羅自傑話一說完，林誠偉就爆打他，兩人開始玩鬧起來。

「別忘了，二十分鐘後到我家門口集合。」我再次叮嚀後，就離開林誠偉家。

9 兩個女生

二十分鐘後，羅自傑他們準時出現在我家門口。

「你爸在家？」林誠偉指指爸爸的車子。

「在。」我回答得很簡短，因為不想和他們談論太多我爸的事。

「你爸都不出來做了，真可惜。」林誠偉說：「我爸說，他前一陣子遇到你爸，就一直拜託他，說有空到我們家看一看，有水電要請他處理，只可惜他都在休息。」

我很想跟他說，除了我家之外，不管是誰家他都不會去，但怕他們聽了又旁生枝節，於是故意避而不談，趕緊說：「我們出發吧。」

李辰瑩家距我們這裡有一段距離，張靜宜家更是要爬一段山路，腳踏車根本上不去，所以我打算先騎到李辰瑩家。

「出發！」果然是羅自傑載林誠偉，他們倆嘻嘻哈哈，車子騎起來歪歪扭扭的，真讓人捏一把冷汗，幸好馬路上沒有其他人，我才容許他們這麼放肆。

后化社區位在半山腰，是個平坦的地方，在很早以前，這裡曾聚集許多人，形成一個社區，一離開這裡，住家就沒那麼密集，大部分是三三兩兩的分散在馬路旁，或是山坡上。

離開社區後，一下又是下坡，一下又是上坡，上坡時，我們跳下車用牽的，氣喘吁吁的連抱怨的話都說不出，下坡時，最是暢快淋漓，涼風一吹，再加上車速飛快，感覺就像坐雲霄飛車一樣，好刺激。

前行約半小時，我們看到路旁有一支白底紅字的招牌，上頭寫著「源順茶行」四個大字。

「要到了。」我說。

「有點緊張耶。」林誠偉說。

「緊張個頭，就只會說風涼話。」我罵他：「如果待會兒你能幫我說幾句話，我會很感謝你的。」

「不客氣。」林誠偉又故意占我便宜，這下我不回應了。

我們騎到茶行的右前方就停下來，接著鬼鬼祟祟的窺探茶行的玻璃門，因為有反光，從那麼遠的地方，根本看不出裡頭的動靜。大家都和她家人不熟，突然推門找李辰瑩，不知道她爸媽或阿公、阿嬤會作何感想。

「再來呢？要怎麼辦？」羅自傑問。

「對呀，要怎麼辦？」林誠偉說：「你不是全都計畫好了。」

「有呀。」我說：「就是找李辰瑩出來呀。」

「那就去呀——」

「對，去呀——」

我們在馬路旁「呀」來「呀」去，就是沒人敢向前去，然後——應該是我的誠心，還是我們的努力感動了老天爺，突然有人在後頭喊我：「陳亦庭，你們在幹嘛？」

我們一回頭，竟然「一箭雙雕」——用這詞語來形容不真確，但我那時，慌亂的腦袋裡的確是浮現這句成語，之所以會這樣想，是因為我不僅看到李辰瑩，還見到張靜宜，她們兩個連袂而來，看起來還挺要好的樣子。

「妳……」還算能言善道的我，居然詞窮，應該是太過緊張的緣故。

「妳們在幹嘛？」剛剛躲在後頭的林誠偉，這時竟挺身而出，大方的詢問她們。

「你們才幹嘛咧，在馬路邊躲躲藏藏、偷偷摸摸的。」張靜宜說。

「對呀。」李辰瑩說：「你們在我家門口做什麼？」

「我……」和阿嬷沒演練到這一段，我臨時想不到話來接。

「我們是來問妳們，暑假作

業寫完了沒？」林誠偉說。

「我們早就寫完了，才不像——」李辰瑩看向羅自傑，像發現新大陸般的驚呼：「哇，才一個暑假沒見，羅自傑變高又變壯，變成一位大帥哥，只是額頭上的青春痘也更多了。」

李辰瑩饒富興味的看著羅自傑，模樣有點像我阿嬤在豬肉攤上，細細挑選豬肉的感覺。

我沒時間細究為何我會連想到豬肉攤，因為李辰瑩的話中，有一個更讓我感興趣的重點——她用了「我們」兩個字，由此推敲，她們兩個女生應該和好了！

再細看她們周遭，果然祥雲一片，呈現世界和平的美好氣氛。啊，感謝上天！我心中的掛念，憂愁了兩個月的煩惱，馬上煙消雲散，我開心到好想蹦跳到樹上，和那些夏蟬一起大聲合唱！

「妳們——」我本來想問，她們是怎麼和好的，順道宣導她們如能和平相處，對班上、對新老師、對后化都有好處，但是林誠偉又插話了。

「妳們看，我也有青春痘。」林誠偉指著自己的腦袋說。

「那是你太油了。」張靜宜直截了當的說。

「對呀，你呀，一個暑假不見，怎麼又變得更胖了。」李辰瑩更直接。

「哪有，我還有變高咧。」林誠偉嬉皮笑臉、油腔滑調的。

然後，林誠偉成了我們的發言人，他一下問兩個女生剛剛去哪裡，怎麼會走在外頭？又問她們暑假是怎麼過的，有沒有發生特別的事？他和她們聊得好投機，說到有趣處，兩個女生呵呵呵的笑著，就像書中所形容，她們的笑聲如銀鈴般的悅耳，如潺潺水流般的美妙，我和羅自傑偶爾插上幾句話，但大部分的時間都在旁邊陪笑。

最誇張的是，林誠偉還提到，我們男生擬出一個「搶救老師大作戰」的計畫書，還說起因是六月中的畢業典禮，因為心中感觸頗多，所以才有這樣的作戰計畫，很希望她們能支持。

哇，他完全拷貝我的話，還說得更活靈活現。我本想表明這一切是我的構想，但又想到如果繼續讓他在女生面前吹噓，說不定他就更能配合作戰計畫。

不過兩個女生心思敏捷、冰雪聰明，不用我點明，張靜宜馬上戳破他的牛皮：「我看應該不是你們一起構想的吧？應該是陳亦庭自己一個人想的。」

「對呀！」李辰瑩也說：「你哪有能力擬出這樣的計畫？」

我傻笑不回答，繼續看林誠偉毫無愧色的瞎掰下去。

回頭的路上，我們三個邊牽車邊說話。

林誠偉對我說：「你剛剛是不是想問她們為什麼和好，或哪時和好？告訴你，千萬別問，問了等於是提醒她們曾經交惡。」

我心中一驚，沒錯，這樣的分析的確有道理，林誠偉果然是說的比做的還厲害。

「還有。」林誠偉露出賊賊的笑容說：「你們覺得李辰瑩和張靜宜怎麼樣？誰比較好？」

「什麼怎麼樣？誰比較好？」羅自傑問：「什麼意思？」

「就是……」林誠偉笑得更鬼祟了。

我知道他在想什麼，但我不想配合他。

來的時候騎了一些上坡路，所以雙腿開始痠軟，不過我現在的心情是輕鬆的，心中是無負擔的，所以即使腿軟也不在乎。

我想，既然老天爺這麼支持，我們搶救老師的大作戰，最後一定會成功。

10 老黑

隔天，我要進行新任務。我把林誠偉、羅自傑召集到校門口。才早上九點多，熱情的太陽已完全施展他的威力，有陽光的地方，不到一會兒工夫，就讓人熱到像隻狗一樣的氣喘吁吁。這樣的好天氣，正合適進行任務四。

「為什麼要到校門口？」林誠偉問。我們站在校門的陰涼處，盡量避免沾染到毒辣的陽光。

「對呀。」羅自傑也說，他額頭已開始冒汗，不過我知道他是我們當中最耐熱的。

「在說明任務四之前，我想問問大家，你們知道后化的特色嗎？」我問。

后化社區位在半山腰，這裡地勢較平坦，但地形仍有起伏，像后化國小的位置就比社區民房還要高，我們每天必須爬一段約二十公尺長的斜坡，才能到校門口，所以我們三個現在是高高在上，如君臨天下般的往下看著后化社區。

「能有什麼特色，就這樣而已。」林誠偉瞇著小眼睛說。

羅自傑也同意。

「那換個方式來問。」我說：「如果新老師來到后化國小，你會跟他說，這裡有什麼不一樣的地方？」

「……」

「再想想看，之前新來的老師，他們會為什麼事情感到驚奇、讚嘆？」

「啊，我知道了！」羅自傑大喊：「這裡有很多臺灣藍鵲。」

沒錯，許多老師來到后化，才知道美麗的臺灣藍鵲是什麼模樣，而且晨間時，臺灣藍鵲常三三兩兩的低空掠過校區，甚至停在不到一層樓高的地方，大方的讓大家欣賞。

「還有，校園可以見到很多鍬形蟲。」林誠偉也說。

光蠟樹上的鍬形蟲也很吸引剛來的老師們，而且常常是一棵光蠟樹上，就爬滿一、二十隻鍬形蟲或獨角仙。雖然有些人有「密集恐懼症」，害怕密密麻麻的東西出現在眼前，甚至有位老師曾說，有一次他在光線昏暗的一樓廁所瞥見鍬形蟲，乍看之下還以為是隻大蟑螂。不過不管對這些蟲子的印象好或壞，初來乍到的老師，對后化豐富的生態，總是驚喜連連或驚呼連連。

「春天有黃頭鷺，一來就數十隻，都停在操場上。」羅自傑又說。

「學校有自己的茶園，小朋友還要採茶、製茶。」

「天空常看到大冠鷲。」

「我們還有披薩窯，客人來了可以烤披薩給他們吃。」

……

他們越說越多，最後我很滿意的點點頭說：「我們后化實在有很多特色，開學後遇見新老師，可以向他們多介紹。」

「任務四就是這個？」

「不是，任務四就是幫老黑洗澡。」我說。

他們倆一聽，張大了嘴，一副不可置信的樣子。

「我召集大家到校門口集合，就是想利用今天幫老黑洗澎澎。」

我現在已經不帶筆記本，口頭傳達任務給他們知道似乎更直接。

還有，他們驚訝的表情也讓我沾沾自喜，這表示我的任務設計不落俗套，能出乎他們意料之外。

「我們為什麼要幫老黑洗澡？」林誠偉問。

「老黑」是一隻黑色的米克斯犬，是后化國小的校狗，牠身上不僅有項圈，還植入晶片。和那些每天偷偷摸摸進出校園的野狗不同，老黑是隻有身分、有地位的狗，聽老師說，只要掃瞄牠身上的晶片，就會出現學校的地址。既然老黑以校為家，是學校的一份子，牠當然也要光鮮體面的迎接新老師到來。

「嘔，老黑那麼臭。」林誠偉發出作嘔的聲音。

「就是因為臭，才要幫牠洗澡呀！難道你們要讓新老師聞到老黑身上的臭味嗎？」老黑的體臭也是后化師生偶爾會談論到的話題。只是老黑算是大型犬，幫牠洗澡是一項大工程，絕不像洗顆蘋果或柳丁那般容易。

「為什麼不叫郭哥阿伯洗呢？」林誠偉提出他的想法。

「郭哥阿伯」是后化國小的警衛，老師都稱他為「郭哥」，我們小朋友年紀小，不能這樣直呼他，就在郭哥的後面加上「阿伯」，於是「郭哥阿伯」這個重疊了兩個輩分，聽起很不合邏輯的特別稱呼，就這樣一屆又一屆的傳下來。

郭哥阿伯很疼老黑，老黑也很黏他，白天郭哥阿伯工作到哪裡，老黑就跟到哪裡，有時老黑生病，也是郭哥阿伯載牠下山看醫生。

我們曾見過郭哥阿伯幫老黑洗澡，那一次小朋友們全都好奇的圍成一圈看，還吱吱喳喳的說個不停。印象最深的是，已經一身溼的老黑，不知怎麼的突然用力甩動牠的毛髮，大家「哇」的一聲全部逃開，但不管躲得多遠，沒有一個不被老黑射出的水彈擊中。事後大家仍笑得樂不可支，上課了還繼續描述給老師聽。

「自己的后化自己救，工作勇於承擔，作戰才會成功。」我不贊同的搖搖頭說：「既然我們現在沒事，為什麼不幫老黑洗澡呢？」

「說不定我們一提起，郭哥阿伯馬上就願意幫老黑洗呢！」林誠偉說。

「羅自傑，你覺得呢？」我問。

「可以問一下。」羅自傑小聲的說。

「好，那我們去問郭哥阿伯。」我說：「他正好在警衛室值勤。」

11 郭哥阿伯

學校警衛室就在學校大門後方。

我向警衛室揮揮手，徵得同意後，把閉合的鐵門用力推開——后化位在山區又靠近海邊，一整年有超過一半的日子都在下雨，所以東西容易損壞，學校大門也不例外。這扇電動鐵門一年到頭都在維修，有時沒辦法以遙控器開啟，就需要利用人力推開或閉合，就像我現在這樣。

狹小密閉的警衛室沒有冷氣，郭哥阿伯將所有門窗打開，露出一張臉看我們。

郭哥阿伯已有些年紀，他瘦瘦的，可是肌肉結實，從這裡就可以看出，他為后化國小做了許多粗重的工作——后化的警衛不是只待在警衛室而已，他們還要除草、清潔、維修。

郭哥阿伯為人和善，對小朋友也客客氣氣的，他一見我們靠近，就熱心的招呼：「好久不見，再過幾天就要開學了……」

「郭哥阿伯，我想請問你——」林誠偉用了「請問」兩個字，但語氣卻一點也不客氣。

「什麼事？」郭哥阿伯還是笑笑的問他，他的脾氣就是這麼好。

「要開學了，你要不要幫老黑洗澡？」林誠偉說：「你看，為了開學，為了迎接新老師到來，我們都剪好頭髮，每天也都洗得香噴噴，所以你要不要幫老黑洗一下？」

郭哥阿伯與我對看一眼，然後說：「你這想法很好，只是——」

郭哥阿伯把左手舉起來，我們一看，全倒抽了口氣，因為他左手後四指，以及幾乎整個手掌，都被繃帶纏住，密密實實的，包得像木乃伊一樣。白色的繃帶配合他深褐色的皮膚，讓他受傷處更醒目。

「這、這是怎麼一回事？」我有些慌張的說：「前幾天看到你時，還好好的……」

「昨天傍晚搬東西，不小心扭到手，昨天晚上我還特地到金山看醫生。」

「那、那就沒辦法幫老黑洗澡了。」林誠偉有些無奈的說。

「沒辦法。」郭哥阿伯也跟著嘆了口氣。

「醫生有沒有說，你的手哪時候會好？」林誠偉又問。

「大概再三、四天就可以，醫生說，這幾天要多休息。」

「那時就已經開學。」我急忙說：「那老黑怎麼辦？」

「可以請其他人幫忙洗嗎？」林誠偉說。

「沒有人了。」郭哥阿伯苦著臉，搖著頭說：「要開學了，我們這些警衛、工友都好忙，忙著割草、忙著整理校園，我昨天就是在搬樹幹時弄傷手，這幾天大家都忙翻了。」

「那只好等開學後，再來幫老黑洗囉。」林誠偉眼睛看著下方，聲音明顯小了一些。

「什麼等開學？」我斥責他：「我們也可以幫牠洗呀！」

「對啊。」郭哥阿伯說：「你們也可以幫忙洗，不會很難，只是要花時間而已。今天校園要繼續割草，所以我把老黑綁在車棚柱子上，旁邊有他專用的大澡盆，這裡還有我之前買的洗毛精，來，給你們。」

「什麼洗毛巾？」林誠偉疑惑著。

「是洗毛『精』，是專門給寵物用的洗髮精。」我說。

「啊，要我們洗喔……」林誠偉哀叫著。

「你剛剛有說，為了開學，為了迎接新老師到來，要把老黑洗得乾乾淨淨、香噴噴，我覺得這個想法很棒。」郭哥阿伯把剛剛林誠偉說的話重複一遍。

「自己的后化自己救，作戰才會成功，再加上我們現在沒事，為何不去做呢？」我說：「還有，你昨天不是跟女生說，我們一起擬出搶救老師的作戰計畫？那就一起合作，幫老黑洗澡吧。」

最後一個理由終於讓林誠偉暫時封口。

「好啦，我們快去幫老黑洗澎澎。」羅自傑最先響應，他家養了兩條狗，最知道狗的習性。

拿著洗毛精，我們從警衛室退到校門口外頭。

臨走前，郭哥阿伯又看我一眼，我也對他使了個眼色。

郭哥阿伯的演技太棒了，他那副從容不迫，還故意皺起眉頭，一臉苦惱的樣子，簡直可以拿到金馬獎影帝。

還有，那四指也包紮得太完美，可以同時得到最佳道具獎。

羅自傑他們都不知道，昨天下午，我潛入后化校園執行祕密任務，目的就是請郭哥阿伯為了今早的對談，與我沙盤推演一下。

郭哥阿伯根本就沒受傷，但他們的確很忙。我請郭哥阿伯故意包紮繃帶，是為了一起勸說林誠偉他們幫老黑洗澡。我的出發點是良善的，希望老天爺能原諒我。

退到校門外，我又用力的將學校鐵門關閉。我不想從警衛室旁的川堂進到校園，因為穿過川堂後，辦公室就在左手邊，暑假有些老師會在裡頭辦公。

學校大門旁邊幾公尺處是車道口，我們從那裡溜進校園，在車道上走一小段路，就見到老黑脖子上掛著鍊子，躺在車棚的地上打盹。

老黑已經很老了，年歲都比我們大，牠嘴邊都是白毛，行動也很遲緩。躺在水泥地的牠，一聽見我們弄出的聲響，眼皮稍稍睜開，鼻頭還抽動幾下，觀察我們幾眼後，又意興闌珊的把腦袋和四肢攤在水泥地上，閉起眼睛，繼續休息。

「我們開始行動吧！」我說。

12 幫老黑洗澡

「要怎麼行動？」林誠偉問。

「就開始幫牠洗呀。」

「要怎麼洗？」

「就、就跟我們洗澡的方式一樣吧。」說真的，我也沒幫狗洗過澡，只有那次下課，見到老黑一臉無奈的站在大盆子旁，讓郭哥阿伯幫他打點。

「跟我們洗澡一樣——你說的喔。」林誠偉馬上興沖沖的拿起連在水龍頭下的水管，像澆花一樣的對準老黑。

「不行啦！」羅自傑急忙勸阻：「不能直接用水沖老黑，這樣他會不舒服。」

羅自傑將放在車棚後方的大水盆移過來，他先在盆子裡注滿清水，試試水溫後，用水瓢舀水，再緩緩的淋到老黑的腳、後背以及身體上。

老黑一見水盆及水花，一開始有些抗拒，但牠老了，不像年輕的狗兒那麼躁動，也沒什麼餘力反抗，只好莫可奈何的任我們宰割。

「這麼溫柔？」林誠偉對羅自傑說。

「對，這是要這樣，牠們才不會害怕。」羅自傑說：「我都是這麼幫我們家的狗洗澡的。」

羅自傑願意做事時，就是這麼能幹。

羅自傑國語、數學常學了就忘，尤其是五年級下學期的數學，不知道他的課本是被人下了什麼魔咒，每次在學新的單元時，大家都會發現，他新的內容聽了兩三遍後仍不太理解，更慘的是，連以前中年級學的也一併忘了。但在做打掃工作時，老師卻對他豎起大拇指，不停的讚美。

從五年級開始，我們每天要做很多工作：早上幫全校做垃圾分類，中午幫全校打飯菜，下午要掃廁所，傍晚時還要當路隊司儀、喊口令……。老師說，羅自傑幾乎都做得很到位，因此老師喜歡和羅自傑一起搭配，一起打掃男廁。

曾老師是一位很吹毛求疵的老師，他的要求很細膩，像擦完一間廁所的門板後，用過的抹布要先在水龍頭下攤開沖洗乾淨，擰乾後再放入消毒水中，接著拿起擰乾再擦下一間的門板，而且擦廁所的抹布不可和教室的抹布混用……

這麼煩瑣的要求，平日活潑好動的羅自傑，只要見到曾老師在一旁，這時不用人家多說，每一個步驟他都能做好。

因為有曾老師慧眼識英雄，我們才更清楚每個人的特長，今天的任務四，就是想讓羅自傑一展威風，果然他沒讓我失望。

老黑全身淋溼後，我們開始清潔牠的身體，林誠偉在上方幫我們倒洗毛精，我和羅自傑一人一側的蹲在地上服侍老黑。一開始我有點怕怕的，因為老黑髒髒臭臭，像一團噁心發黑的抹布，而且牠是隻大型狗，看起來不那麼可親，只是雙手沾滿泡沫後，再加上洗毛精香味的催化，我的心情也跟著嗨起來，於是不管三七二十一，大方的給他搓下去就是了。

「嘿，你們看，老黑的樣子好好笑喔。」林誠偉「哈哈哈」的誇張笑著：「老黑淋了水後，像快融化的蠟像狗，好矬喔。」

林誠偉幫我們檢視哪邊沒洗乾淨，可憐的老黑，除了變成落湯「狗」外，還要被林誠偉訕笑。

我們其實也看不出哪裡乾淨或不乾淨，因為老黑身上的毛好多，林誠偉手一指，我們隨即往那地方加強，十隻指頭如裝了電動馬達般的立刻搓揉下去，很快的，我和羅自傑的衣服、褲子都弄溼，臉上、身上也噴濺到泡沫和髒水，不過我們三個卻玩得很開心。

王校長是我們低年級時的校長，她對學校大小事情都很關心，包括老黑。

王校長請人帶老黑去植入晶片，也請一位擅長繪畫的替代役大哥哥，在川堂的牆上繪出數隻老黑的畫像，這些畫像剛好和山下知名的黑狗廟相互輝映，具雙重寓意。

老黑在那三年好風光，牠成為學校的特色。

只可惜此一時，彼一時，李校長來了之後，她捻熄學校好多盞特色聚光燈，包括老黑那一盞。老黑重回「狗」的身分，只剩郭哥阿伯和校內幾位愛狗的老師及工友，默默的關心老黑。

在我們的努力之下，老黑洗出一堆汙水和毛髮，牠身上還有一些梳不開的毛塊，也有可能沒洗乾淨的地方，不過我們真的已盡力，也快要筋疲力盡，於是開始用大量的清水將牠身上的泡沫沖走。

接下來得幫牠吹乾。

「林誠偉，你去辦公室拿吹風機。」我說。辦公室的櫃子裡有幾支專供全校師生用的吹風機。后化一天到晚下雨，有時不小心踩到水坑，或是天熱時，小朋友上完體育課，滿頭都是汗水，這時吹風機就派上用場。

「為什麼是我？」

「因為你身上是乾的，手也是乾淨的，我怕我們這副模樣進去辦公室，老師會問個不停。」

林誠偉一聽，想一想也對，只好乖乖的往辦公室的方向走。

13 新老師

在林誠偉還沒回來之前，我們先把老黑牽到陽光底下曝曬。

雖然老黑也會「啪啪啪」的想把身上的水甩乾——牠先搖搖腦袋，再搖搖身體，最後是搖牠的屁股，我發現老黑年紀雖大，但搖屁股的模樣仍是這麼的美妙動人，只是甩完後，牠身上仍是溼漉漉的，為了怕牠受涼，我們把牠帶到車道上曬太陽。

這就是我一開始為何會說，陽光普照的日子適合進行任務四的原因了。

過了一會兒，林誠偉拎著吹風機，「咚咚咚」的跑回來。他跑步的模樣一點都不俐落，一看就知道對運動不在行，再加上噸位變大，跑步的姿勢更覺怪異，我們都不忍直視他，但他卻哇啦哇啦的要引起我們注意。

「喂……知道嗎……老師……」他狂呼，同樣的話語似乎重複了許多遍。

我是等到他走近，才清楚的聽到他在說：「喂，你們知道嗎？我們的新老師姓吳。」

「你怎麼知道？」我當然要問：「辦公室的老師說的？」

「才不是。」林誠偉氣喘吁吁的說：「我才一進辦公室，裡面的張主任就問東問西的，如果我再好奇的問他們我們的新老師是誰，那我今天可能走不出辦公室了。」

很奇怪的推論，不過先撇在一旁不管，先問清楚我們最在意的訊息。

「你怎麼知道新老師姓吳？你有看到他嗎？」我問。

「沒有。」

「那你是怎麼知道的？」

「祕密。」林誠偉神祕兮兮的笑著，沒想到在這節骨眼，他居然還要跟我們玩遊戲。

「快講啦。」連羅自傑都不耐煩了。

「這是天大的祕密，就只有我知道。」林誠偉賊賊的，一副要我們討好他的樣子。

「我們還是先幫老黑吹乾吧，免得牠不舒服。」我提議。

「好。」羅自傑馬上配合我。

見到連自己的麻吉都不支持他，林誠偉急了，他立刻說：「好啦，跟你們講，我是從掛在教室外牆的功課表上看到的。」

「功課表？」我說。

「對，新的，六年級的功課表。我們教室不是在辦公室旁邊嗎？我從辦公室出來——唔，辦公室的冷氣好涼，裡面的老師都好幸福……」林誠偉又故意岔開話題，逗弄我們。

「我們把老黑牽回車棚，那裡才有插座。」我說。

知道消息的來源後，就不需要再聽林誠偉多話了。

「喂，我帶來那麼重要的線索，你們也不謝謝我一下……喂，陳亦庭，你不是最在意我們的新老師嗎……」林誠偉不停的叨念著。

我不理他，見到羅自傑將老黑的鍊子綁好後，我把吹風機插頭插上，開關一開，吹風機馬上呼呼作響，老黑嚇了一跳，身體抖動了一下，但仍乖乖的讓我們幫牠吹毛髮。只是老黑的表面積那麼大，身上的毛髮又多，我們吹了許久，都沒辦法將牠弄乾。

「吹風機會不會燒掉？」林誠偉擔心的說：「會不會電線走火？」

吹風機的確已經很燙，我摸摸插頭的地方，也熱熱的。

「這樣可以了嗎？」我問羅自傑：「老黑應該不會感冒吧？」

「應該不會。」羅自傑也沒把握，我們都不是專家。

繼續讓吹風機運作了十幾秒後，我把開關關上，大聲宣告：「好啦，任務四圓滿達成，任務成功！」

第一次幫老黑洗澡，許多地方沒辦法做得完美，不過最直接的回饋是，老黑身上的臭味沒了，靠近牠時，還能聞到淡淡的清香呢。

林誠偉有口無心的跟著喊了一聲「成功」後，接著說：「你們都不好奇新老師叫什麼嗎？」

「老黑就繼續鍊在這裡，郭哥阿伯說剛洗完澡，不要讓老黑到處跑，讓他乾淨個幾天。」我交代完，轉頭問林誠偉：「新老師叫什麼？」

「他姓吳，叫……」林誠偉忽然愣住，像斷電一樣。

「哎呀，我忘了他叫什麼了？」林誠偉大呼：「都是你們不讓我先講，害我忘記，我原本記得的……」

「那還不簡單，我們一道去教室看吧。」我說：「順便將吹風機還回辦公室。」

我們從車棚外的車道走進校舍區。放假期間，我不太想遇到辦公室裡的老師，尤其是張主任、洪主任。我們要搶救的是與我們朝夕相處，用心教導我們的老師，那兩位主任，我敬而遠之，一點都不想救。

來到教學大樓的走廊，見到教室門窗都關上，走廊靜悄悄的，襯著中庭綠意盎然的花草，還有各班留下的櫥窗布置，感覺沒有學生喧譁、走動的走廊，變得好有氣質。

平常在學校上課，走廊只是心急的我們，從這裡到那邊的過渡區，我們每次都匆匆走過，趕著回教室上課，或是去操場玩耍，印象中，我從沒走過那麼靜謐、那麼有格調的走廊。

學校不大，我們很快來到我們的教室。六年級上課的教室和五年級時相同，只是門牌從「五年甲班」換成「六年甲班」。

「林誠偉，你去還吹風機。」我眼裡只有教室外牆上的功課表，於是用後腦勺對著林誠偉說。

「噢。」林誠偉發出怨嘆聲，我沒空細看他的表情，只顧讀著功課表上方那一橫排文字，上頭寫著——六年甲班導師：吳嘉恩。

「我們的新導師叫吳嘉恩。」羅自傑也見到了。

「沒錯，只是……」我有些疑惑。

「嘿，看到了嗎？」林誠偉突然在背後出聲：「我很厲害吧，來借吹風機，還知道拐過來看我們班的功課表。」

「那麼大聲幹嘛？」我說。

「辦公室的老師聽不到。」林誠偉說：「辦公室的門窗關得緊緊的，主任他們都在裡頭吹冷氣。」

「好啦，你的確很厲害，像柯南一樣。」我讚美著。

林誠偉「嘿嘿嘿」的笑著，我也同樣心花朵朵開。不只是因為知道新老師的名字，更重要的是，才推動了三天的作戰任務，林誠偉他們就已經知道要留意新老師的訊息，他們有這份心，我真的很高興。

「喂，你們看。」羅自傑要我們注意：「自然老師、英文老師也是新的耶。」

「希望他們都很溫柔，不要凶巴巴的。」林誠偉說。

「只要你不作怪，老師們都會對我們很好。」我瞪了他一眼。

「欸，你們看得出我們的新導師，是男的，還是女的嗎？」羅自傑問。

我剛剛也有想到這一點，因為從名字不容易分辨出他的性別。

「女的。」我猜。

「男的。」林誠偉說。

「要等開學才知道。」羅自傑說。

「可以去辦公室問。」林誠偉說：「不過要換你們去。」

「男的、女的都一樣，只要是他是好老師。」我說。

「我們來賭一下。」林誠偉兩隻小眼發出精光，他熱切的說：

「你們要賭多少？」

「別賭了。」我喊：「時間差不多了，回家吃午餐，吃完休息一下，下午四點到我家集合。」

「又要做什麼？」林誠偉問：「這次約的時間有點特別。」

「下午再說囉。」我帥氣的揮揮手，要大家快離開，以免被辦公室裡的老師見到。

14 撿垃圾

下午四點多，我透過家中的紗門，見到林誠偉和羅自傑，像在逛大街似的漫步過來。

我走出門喊他們：「你們有點慢。」

後天就要開學，時間緊迫，再加上我們的任務越來越艱辛，我期盼他們倆能支持下去。

林誠偉看了看我爸爸的小貨車，車門是鎖著的，但從車窗望進去，可以見到裡頭有一些水電維修工具。

別再想了，我心裡如此對他說，我爸不會去你家的。

「你剛睡起來嗎?」我問。

「沒。」林誠偉簡短的回答。

「他躺在沙發看電視。」羅自傑說:「我去叫他,他才願意出門。」

「早上忙了一陣子,下午要再出門,就覺得好累。」林誠偉懶洋洋的說。

「休息那麼久,應該不會累了吧。」我說。

「唉,再看看囉。」林誠偉說:「我們現在要做什麼?」

「我們現在來打掃社區。」

我語氣刻意平淡,像在談論一件雞毛蒜皮、無足輕重的日常瑣事,但林誠偉不這麼認為,他像踏到地雷般,整個人爆跳起來。

「為什麼要打掃社區?」他喊:「你瘋了嗎?」

「我才沒有瘋，這一切都是精心設計過的。」我平心靜氣的說：「為了讓老師有好印象，我們先從自己做起，整理頭髮，寫好功課；接著處理班上的問題，讓那兩個女生和好；然後到校園讓老黑乾乾淨淨，沒有臭味；最後我們的努力要擴及整個社區，讓社區乾淨整潔。這些順序是很有條理的，就像老師教過我們的遞進法一樣，由內而外，由小到大。」

「等一下。」林誠偉說：「我知道你很喜歡曾老師，所以才那麼常用他教過的成語和其他東西。可是喜歡他是一回事，打掃社區又是另外一回事，你知道后化社區有多大嗎？要我們打掃，那不是虐待兒童？」

「能做多少算多少。」我說。

「好，那我只做一點點。」林誠偉怒氣沖天的回我。

經這麼一爭辯，此時的他精神奕奕，一點疲累感都沒有。

「沒問題，有做總比沒做好。」我回應完，轉身從家裡拿出兩支鐵夾，以及一個塑膠水桶。

「這夾子和水桶好熟悉。」羅自傑說。

「沒錯，是學校的東西，我跟郭哥阿伯借的。」我說。

鐵夾及水桶，是后化的小朋友平日在校園撿拾垃圾的必備工具。

「原來你說的打掃社區就是撿垃圾？」林誠偉沒好氣的說。

「對呀，后化社區居民不多，但仔細看，路旁還是有大小垃圾，我們現在要把不屬於大自然的垃圾，盡量清理掉。」

「什麼是『不屬於大自然的垃圾』？」羅自傑問。

「人類丟棄的垃圾。」我說：「比如菸蒂、寶特瓶、塑膠袋等，我們把它撿走，至於樹葉、枯枝，就不管它了。」

羅自傑點點頭。

「好啦，林誠偉先選。」我把夾子及水桶提起來問：「你要夾垃圾，還是要提水桶？」

「我要提水桶……不，我要夾垃圾。」林誠偉接著強調：「不過我只像你說的，能做多少，就做多少。」

「那至少有在做。」我臉帶笑意的說：「那羅自傑呢，你要哪一種？」

「隨便。」羅自傑很隨性。

「那你負責提水桶。」

工作分配好後，我於是大聲吆喝著：「我們出發吧。」

我先帶他們到后化校門的前方馬路，林誠偉說的沒錯，后化社區這麼大，我們做不完，那至少把校門前方的區域清理一下吧，我如此想著。

后化社區人煙稀少，甚至老半天都見不到一位行人，但細看路旁的草叢，卻有不少垃圾。這些被人丟棄的垃圾，有的被雜草掩蓋，有的則大剌剌的躺在草地上。為了以身作則，我拿起夾子，像螃蟹進食般，不斷把垃圾夾入水桶裡。

除了平日會利用鐵夾和水桶在校園撿垃圾外，上學年我們還帶著這些工具到海邊淨灘。那次是全校出動，還聯合附近的小學，廣闊的沙灘，水天一色的碧海和藍天，再加上數百位熱烈參與的小朋友，那副熱鬧的景象，我到現在還記憶猶新。

和那時相較，現在撿拾的陣容冷冷清清的，和偌大的社區相比，我們顯得特別渺小，就如同草地裡的垃圾般，一下就被隱沒。

不過我沒要把自己當成垃圾，我是環保尖兵，是作戰計畫裡的勇士。我把一件又一件的廢棄物撿到桶子裡，少一樣垃圾，后化就乾淨一分。

我做得很起勁，不到一會兒工夫，就汗如雨下，這裡的垃圾和淨灘時撿拾到的相差不多，大多是塑膠類，有飲料瓶、吸管、塑膠袋，甚至還有小玩具，這些東西不知道在這裡待了多久，今天終於被我撿走。

我有時會偷看一下林誠偉，他心不甘情不願，每夾起一件垃圾，就要花費好一番工夫——不是夾到一半，故意讓它跌落到地上，就是拿起夾子，殺紅眼般的對著草地猛戳，好像地上的垃圾是他的仇人一般……

沒關係，至少他有在做。

忙著忙著，我聽見摩托車由遠而近，急駛而來的聲音。

里長

為了安全起見，我們抬頭察看車子的動靜，然後見到里長將摩托車騎到我們身旁。

為了讓大家知道他的身分，里長整日套著印有「后化里里長」的背心。

「你們在做什麼？」年紀已經很大，身材瘦瘦乾乾的里長問我們。他摩托車「噗噗噗」的不斷噴出廢氣，我希望他趕緊熄火，免得我們的肺被廢氣汙染了。

「我們在撿垃圾，我們想讓后化社區更美麗。」

林誠偉搶先說，但我只讓他講兩句，接著就從中攔截——我向里長問好，還劈哩啪啦的將我們搶救老師大作戰的計畫，言簡意賅的說給他聽。

里長在摩托車「噗噗噗」的噪音中，不斷的點頭，尤其是聽到后化國小將有新校長及多位新老師時，更是上下用力晃動他的腦袋及安全帽。

最後他拋下一句——「繼續加油」，就又「噗噗噗」的騎著摩托車離開。

「我們已經做很久了，可以回家休息了嗎？」里長一走，林誠偉馬上提議。

我點頭，至少他尊重我，會先詢問，而不是一走了之。

「這桶垃圾怎麼辦？」羅自傑說。

「給我，我帶回去處理。」桶子快滿了，能有這樣的成績，我很滿意。

我們三人並沒有約定再集合的時間，就這樣各懷心思的，往自己家的方向走。

還有兩天就要開學，時間真的緊迫，明天該如何進行呢？

15 當天晚上

當天晚上，我如往常般的洗澡、吃飯、看電視，和阿嬤談天。爸爸吃晚餐時也會出現，他會在餐桌上與我們聊天，但說得不多，一吃完飯，就回房間玩手機或睡覺。

到了八點多，我準備到樓上臥室——平常上學期間，我也是這個時候到二樓房間看書、寫功課，阿嬤突然把我喚住，問我：「你今天晚上怪怪的喔。」

「哪有？」我明明就很正常的洗澡、吃飯、看電視，和阿嬤談天，八點多到樓上臥室……

「有。」阿嬤說：「今天下午的作戰任務進行得怎麼樣？」

阿嬤年紀那麼大，卻故意學我用「作戰任務」這詞語，我除了覺得好笑，也備感親切。

「就沒怎麼樣……」我喃喃說著。

「那就是有怎麼樣了。你今天中午還很開心，幫狗洗澡的事說個不停，可是到了晚上，你都沒提到下午發生什麼事。」阿嬤問：「今天下午的任務是什麼？」

「幫后化社區撿垃圾。」

「嗯，這任務一般小朋友都不愛。」阿嬤若有所思的說：「所以下午時，你同學就不聽你的了？」

「也沒有不聽，就愛做不做的……」我輕輕的說：「我只是想先從自己做起，再擴展到整個社區，將小愛化為大愛，這樣新老師來，才會眼睛為之一亮，才會覺得我們后化好美麗。」

「你以前的老師把你教得真好。」阿嬤讚美著：「不過事情本來就是越做專精，越做越困難，就像你吹直笛一樣，一開始吹出幾個正確的音很容易，可是要把整首歌吹得好聽，就要花很多工夫。」

阿嬤很厲害，她拿我經歷過的事來作比喻，我一聽就懂。

「我明天自己再去撿垃圾。」我說：「後天就要開學，我想盡量做得完美一些。」

「只要盡力就好。」阿嬤笑咪咪的說：「你現在已經做得很好，新老師知道後，一定會很開心。」

「嗯。」我應了一聲後，就回到二樓房間。我先拿一本故事書來看，翻了幾頁，卻發現都沒讀進去。中間還聽到樓下有人在說話，是阿嬤和一位男性長者在講話，他們也沒談很久，過了一會兒，家裡大門又被推開，應該是客人離去了……

我把書本闔起，心裡很清楚知道林誠偉不愛撿垃圾是理所當然的——誰愛撿垃圾？誰愛勞動呢？

我遺憾的是，前幾項我們都做得很好，唯有後面那幾樣不能齊心，那實在很可惜。

我該用什麼方法，讓林誠偉他們開心的去做呢？

如果還是沒辦法，就只能自己獨挑大梁了……

最後，我帶著許多問號及期待，進入夢鄉。

16 早晨

一大早，應該還沒七點，我就起床了。

因為房間位在東邊，不用阿嬤叫喚，靠著窗外照射進來的陽光，以及外頭的鳥鳴聲，我就自動自發的起床了。

雖然帶著許多思緒入睡，但今早起來並沒有頭重腳輕，或是睡眠不足的感覺，甚至還覺得精神飽滿，說不定可以像超人一樣，獨自將整個后化社區清掃一遍。

我輕輕走下樓，因為爸爸還在睡覺。

到了一樓，就見到阿嬤忙進忙出。阿嬤每一年都會跟著社區居民一同坐遊覽車出遊，在那三天兩夜中，我一個人主持家務，那時才深刻體會，身為家庭主婦，真的有很多事要忙，許多微不足道的瑣事，也是需要花上許多心思及時間的。

所以我對阿嬤心存感激。

「來吃早餐。」阿嬤將白飯、炒青菜、荷包蛋、醬瓜以及炸雞塊擺在我面前。炸雞塊這項紅燈食物是我之前異想天開，要求加入的，阿嬤雖然沒有拒絕，不過在早餐出現的機會極為稀罕。

「哇，有炸雞塊。」我驚呼。

「對，快吃吧。」

我夾了一些菜在碗裡，接著如往常那樣，坐在客廳邊看電視邊吃早餐。

「吃快點。」阿嬤明明知道我吃飯不會拖延，卻心急的提醒我吃快些。

「為什麼要吃快點？」因為嘴裡都是飯菜，我鼓著雙頰問。

「等一下就知道了。」

阿嬤一說，我眼睛馬上亮起——待會兒一定有好事發生，可是我等會兒要去社區撿垃圾，會不會因此就錯過了？

「阿嬤，是什麼事？」我喊：「等一下我要出去撿垃圾，會不會耽誤到？」

「哎呀，還要去撿垃圾……」阿嬤嘴裡不知嘟噥什麼，我也沒聽清楚。她走進走出，一會兒曬衣服，一會兒在廚房洗東西，有時沒留意，會以為家裡同時有三個阿嬤出現。

我只好依著阿嬤的叮嚀趕緊扒飯、吃菜，要趕時間，也不能沒吃飽，更不能浪費這些食物。

我提早五分鐘用完早餐，將碗筷洗好，還用網罩將餐桌上的剩菜罩好後，又追著阿嬤問是什麼事？

阿嬤看了一下牆上的時鐘後，卻說：「唔，時間還沒到。」

「阿嬤——」我哀號著：「到底是什麼事？」

「等一下八點就知道了。」阿嬤說完，人又消失在我眼前。

我看看時鐘，還有十分鐘，剩下的這十分鐘我坐立難安，直到有人在我們家門外喊：「阿霞，出來囉。」

「阿霞」是阿嬤的名字，阿嬤聽到後就從廚房走出來，她將溼漉漉的雙手在衣服上一擦，然後對著我喊：「走，一起去。」

「去哪裡？」

「去做社區環境清潔。」

「啊？」

「昨天晚上里長送來一張單子，你自己看。」

原來昨晚來家裡拜訪的是里長。

阿嬤把一張放置在櫃子上的黃色A4宣傳單拿過來，我一瞧，眼淚差點噴出來，因為黃單子上頭這麼寫著：

為了歡迎后化國小的新校長、新老師
為了讓他們對后化社區有好印象
明天早上八點進行社區環境清潔
大家一起掃除垃圾
讓后化社區更美麗

最後是醒目的署名：后化里里長林某某。

里長還在黃單子上細心的說明，打掃工具由他準備，居民只要人過去就可以。

「嗚……」我激動到不知該說什麼。

「里長昨天晚上跟我說，他看到你們三個在撿垃圾，覺得很感動，也覺得這項任務很有意義，所以挨家挨戶的說明、發單子。現在大家一起來環境清潔，相信老師們知道後，就會更喜歡這裡。」阿嬤對我說。

「啊……」我還是說不出話來。

「還在啊什麼？」阿嬤喊：「走啦！」

我跟著阿嬤走出屋外，心裡想著：阿嬤真壞，她昨天已經知道里長的計畫，卻故意瞞著我，讓我心事重重的悶在臥室一整晚，接著隔天早上還刻意裝傻，幾次問她什麼事，也不講清楚，害我早餐幾乎是囫圇吞，差點消化不良。
雖然如此抱怨著，但心頭卻是暖暖的，我能生在這樣的家庭、這樣的社區，真的好幸福。
我們依里長的指示，到后化國小校門前的空地集合，那裡已聚集十多個人，大部分是老人家，還有被外傭推著輪椅前來的老阿公。
「你要怎麼打掃？」有人問那位坐輪椅的老阿公。
「我跟我的安娜一起做呀。我雖然不會走，可是我眼睛很利，可以清楚看到垃圾在哪裡。」老人家說得理直氣壯，還眼露凶光，像要發射雷射光一樣的把所有障礙物清除。只是他國語不標準，把「安娜」說成像閩南語的「安啦」。
然後我還見到李辰瑩和張靜宜過來，接著羅自傑也出現了。
「咦——咦——」我故意大驚小怪的指著兩個女生。

「叫『咦』幹嘛？」張靜宜冷酷的說：「又不是小娃娃，幹嘛『姨姨姨』的叫我們阿姨。」

哇！輸了！才只出個聲而已，就馬上被反咬。我腦袋其實也轉得很快，我好想高唱兒歌「兩隻老虎」回擊她們，只是怕沒完沒了，只好將這口氣吞下去。

羅自傑在一旁笑了出來。

見到她們來，我心底其實挺開心的，不過還是要問：「妳們怎麼來了？」

李辰瑩和張靜宜和我們不同里，她們每天都由家人載來上學，或坐社巴過來。

「我阿公把我們載來的。」李辰瑩說：「活動結束後，我再打電話給我阿公，到時看借誰家的電話用。」

「不是，我是想問，妳們怎麼知道后化里的這項活動？」我說。

借電話是小事，后化社區很有人情味的，只要李辰瑩一開口，馬上可以借到數十支電話用。她們如何知道活動訊息，才讓我覺得好奇。

「原來是問這個。」張靜宜吁了口氣說：「你最近有點怪怪的，話都說不清楚，我上次還在跟李辰瑩商量，看六年級的模範生要不要換我們女生做。」

我心中一驚，但還是保持冷靜，不露聲色。

「后化里里長跟我阿公是好朋友，他常來我們家泡茶，因為我讀后化，所以他就打電話跟我阿公講，說可以來參加這項活動，我知道後，再通知張靜宜。」李辰瑩解釋。

原來如此。

看著他們，我突然心生一計，我有辦法把林誠偉請來了。

我於是把大家召集一同商量，我要讓張靜宜看到，我仍是這麼有企劃能力，腦袋仍是這麼的犀利，要當個模範生，我綽綽有餘。

17 有請林誠偉

我把我的想法與大家分享，大家都覺得新奇有趣，都願意配合。分配好任務後，我們四人一齊到林誠偉家。

「喂，你們要去哪裡？」見我們四人要離開，里長趕緊追過來。

「我們馬上就回來。」李辰瑩說。

「對，馬上就回來。」我說：「而且回來的時候，還會多帶一個人來。」

「太好了。」里長那張滿是皺紋的老臉笑了起來，他開心的說：「你們很重要，等你們回來，再一起開始。」

「為什麼里長說我們很重要？」離開現場後，李辰瑩問我。

「里長應該是覺得人越多越好，每一個人都很重要，所以一個都不能少。」我只想到這點。

不到一盞茶的工夫，我們已來到林誠偉家。我們先在窗外窺探——林誠偉起床了，他又半躺在沙發上看電視，看的還是二、三十年前拍攝，一年會在第四臺播放上百次的港片。沙發前方的矮桌上，有一只三明治的空包裝袋，以及一罐插著吸管的木瓜牛奶鋁箔包，那些應該就是他的早餐。

「林誠偉。」我先在外頭叫他，喊了一遍沒聽到，再喊一遍。

林誠偉一轉頭，從窗戶見到是我，便一臉不耐煩的應著：「幹嘛啦？」

「出來啦。」

「出去幹嘛？」

「出來打掃社區，掃地、撿垃圾呀。」

「我才不要。」他斷然的拒絕我。

「我們搶救老師的大作戰仍要繼續進行下去。」

「我才不要，我已經做那麼多了，我今天要休息。」林誠偉把身體沉入沙發中，好像恨不得跟沙發融為一體般。

「羅自傑也在這裡，你快點出

來。」我繼續勸說。李辰瑩、張靜宜已在一旁掩嘴嗤嗤笑著。

然後，除了電視喇叭傳出的聲響外，就再也沒其他聲音傳出來。

我想林誠偉已經把自己當成是不再有說話能力的沙發或靠枕了。

沒關係，換人出馬！

我使個眼色，張靜宜立刻扯起嗓門大吼：「林誠偉，你給我出來！」

「誰……誰……」沙發傳來掙扎的摩擦聲。

「林誠偉，你給我出來，快點啦！」李辰瑩也喊。

「誰啦？」然後一張圓臉，掛在林誠偉家的窗戶上，林誠偉用他那兩隻小眼，不斷向外探看。

「我們啦。」李辰瑩說：「還不快出來打掃？我們不是你們這個里的，都特地過來幫忙，你住在這裡，又沒什麼事，還好意思窩在家裡不出來。」

「好……好，我馬上出去。」屋裡響起一陣噼哩啪啦的聲響，不到十秒鐘，林誠偉就堆滿笑容的站在家門口。

「妳們怎麼來了？」林誠偉笑臉盈盈的問候兩位女生。

「里長沒通知你，今天八點要在后化校門前集合，要來進行社區大掃除嗎？」張靜宜問他。

「有、有啦。」林誠偉說：「我想時間還沒到，先在家裡休息一下。」

他還真能言善道，明明剛剛不理睬我，現在又拿另一套說詞來掩蓋。我想到第四臺另一部港片中，一句經典的臺辭——「天下武功，唯快不破」，運用在林誠偉身上，就是「天下臉皮，唯厚不破」。

曾老師曾因林誠偉這一特點而讚賞他，並與我們勉勵：「如果將它運用在正途上，那就是百折不撓的精神了。」

「虧你昨天還跟我們說，作戰計畫是你們一起擬出的，還要一起並肩作戰、努力奮鬥。」張靜宜繼續酸他。

「有哇、有哇，我不就出來並肩作戰了。」

「那我們趕緊到校門口前集合吧。」我催促大家，因為時間已經到了。

我剛剛想到的計謀就是這些，一開始由我來叫他，但他應該不會理睬我，所以接著就由女生們出場。

不過我不想讓林誠偉被嘲諷下去，他也是好面子的，有時說得太過頭，讓他惱羞成怒，變成一頭刺蝟，也不是一件好事。

曾老師在寫模範生評語時，說我是心善之人，曾老師真是了解我。

18 社區大掃除

我們回到集合地點時，里長已站在大家面前，像是準備要開工了。

我們站的地方，雖然是在學校大門的前方，但學校真正的大門，是在里長上方十多公尺處。后化社區位在半山腰，有些地方地勢較高，像學校的位置就比社區還高，如果要到學校的大門，可以從里長身後的階梯爬上去，也可以走左右兩側的斜坡道上去。

見到我們回來，里長於是要所有人安靜，先聽他說話。

「各位里民，很開心見到大家今天抽空前來，你們知道後天是什麼日子嗎？」里長先問大家問題，現場十餘位民眾你看我，我看你，寂靜一片，沒人出聲。

七月半中元節已過，八月半中秋節還未到，大家都不知道後天是什麼日子。

「直接跟你們講。」里長精神抖擻的說：「後天是后化國小開學的日子。」

「喔……」在一片恍然大悟聲中，有人轉頭看我們。

「沒有錯，站在最旁邊那五位熱心的同學，就是后化國小的小朋友。」里長乾脆指著我們說：「我們今天進行社區打掃，就是要幫助那幾位小朋友留住后化國小的老師。這幾位小朋友為了讓新老師有好印象，認為后化這裡很不錯，他們昨天自動自發的在路旁撿垃圾——我們先為他們鼓鼓掌，好不好？」

掌聲在我們四周響起，我忽然覺得天氣好熱，身上不僅冒汗，臉也燥熱起來。

「有機會我要跟他們的新校長講，獎勵他們一下。」里長說：「還有，因為見到他們的努力，所以我才發起今天的活動，不過不只是今天，以後還會固定出時間，像是一個星期一次，還是一個月幾次的召集大家來打掃，一起讓社區變整潔，一起幫助后化的小朋友留住老師，你們說，好不好——」

里長的語氣像在競選，大家除了紛紛說好之外，還用掌聲支持我們，雖然很謝謝熱情的里民，但我們有些受寵若驚，我看連林誠偉都覺得尷尬，不好意思起來。

接著，里長說明如何清掃。

工作方式很簡單，就是三至五人一組，拿著里長提供的夾子、掃帚和裝垃圾的桶子，自集合地點開始，沿著馬路的一邊清理過去，里長還特別強調，先處理人們丟棄的垃圾，比如菸蒂、寶特瓶、塑膠袋等，至於自然掉落的落葉、枯枝則先不理睬。

聽到這裡，我有一種版權被侵犯的感覺，撿拾垃圾的方式和我昨天下午對里長說明的內容相同，不過我當然不會跟他計較。

里民們開始三三兩兩的自成一組，我們六甲五個人當然同一組。林誠偉一樣選擇拿夾子，但和昨日不一樣的是，他今天一拿起鐵夾，就像孫悟空甩起金箍棒一樣，不僅把夾子用得虎虎生風，撿拾了好多東西，還不斷用夾子指點我和羅自傑，說哪裡有被遺漏的垃圾，和昨日懶散的態度相較，簡直是判若兩人，也因此我們的水桶爆滿好多次，讓羅自傑來來回回的傾倒了好幾趟。

當中里長曾「噗噗噗」的，騎機車過來查看我們的工作狀況，他對我們的工作績效大大的讚賞，還與我閒話家常。

「我昨天跟你阿嬤聊了一下。」里長對我說：「聽說你為了搶救后化的老師，設計了很多任務是不是？不簡單哦。」

我昨天下午就已跟里長提到一些搶救老師大作戰的內容，昨晚阿嬤應該又加油添醋的跟他講了一堆。

「謝謝里長。」我說：「這些任務一開始是由我發想，但需要大家一起努力，才能成功。像現在有這麼多人幫忙，一同來留住老師，后化的老師如果知道，一定會很感動的。」

「哇，說的真好。」老里長頭上的安全帽，又開始跟著里長的腦袋不斷搖晃。

「你很適合當模範生。喂，各位同學，你們有沒有選他當模範生？」里長居然幫我打廣告，真是哪壺不開提哪壺，這時候說這個，不恰當啦。

很謝謝里長的關心及鼓勵，此時的我，卻希望他趕緊離開，因為我們已經受不了他摩托車排出的廢氣了。

我們從八點打掃到九點，時間沒有很長，所以大家意猶未盡的相約下次一定還要再來，包括那位坐輪椅，帶著「安啦」的老阿公，他說社區裡還有四、五位行動不便的老人家，他要鼓吹他們帶著外傭一起來，因為大家都是后化國小畢業的，為社區盡一點心力，何樂不為？

沒有錯，多一些人來更好，我當初的想法也是如此，就像一顆石子丟入池塘，激起一圈圈的漣漪一樣，我的小小行動，如能引發回響，就不枉費我花那麼多心思去構思那些計畫了。

九點過後天氣就更熱了，大家紛紛散去，張靜宜她們把我喚住。

「結束了，你們有要去哪裡嗎？」張靜宜問。

「沒耶。」我說。

雖然我還有其他後續的作戰任務，只是見到大家額上都掛著汗珠，實在不好意思再提出。

「那我們就回去囉。」李辰瑩說：「誰家的電話借我用一下，我請阿公過來載我和張靜宜。」

我們三個男生，立刻異口同聲的喊：「我。」

「呵呵呵，你們好好笑喔。」兩位女生又發出銀鈴般的清脆笑聲。

「去我家好了。」林誠偉說：「羅自傑和陳亦庭家都有大人在，我家只有我一個人，去我家最方便。」

哇，女生怎麼可以單獨去男生家？而且又沒大人在，我本想這樣提醒張靜宜她們，不過想一想，她們兩個女生一起去，應該也沒什麼問題吧！

「那我就先回去囉。」我說。我一身汗，想回去喝水，再換一件乾淨的T恤。

「再見。」李辰瑩笑咪咪的對我說。

我走了幾步，心中覺得有些不安，趕緊回頭看，只見羅自傑原本朝著他家方向走，突然聽見林誠偉招手喚他，立刻大角度的拐過去，最後是他們四人一齊朝林誠偉的家前進。

我看著他們的背影好一會兒，只見他們說說笑笑，打打鬧鬧，我聽不清他們說的內容，也看不出個所以然來，最後只好回頭，惴惴不安的朝回家的路走。

19 電話

回到家裡，我「咕嚕、咕嚕」的灌下一大杯水，再到房裡換衣服，休息了一下，家裡的電話響了。

剛剛回來時，並沒有看到阿嬤，爸爸應該還在睡覺，為了怕吵醒他，我三步併兩步的衝到樓下，接起電話。

「請問你找誰？」我有禮貌的問。

「我找你。」電話的那一端，傳來冷冰冰的聲音，我聽不出對方是誰。

「你是誰？」

「陳亦庭嗎？我就是要找你。」聲音更冷酷、低沉了。

「你倒底是誰？不可以這樣開玩笑。」雖然背脊一陣寒意，但我還是鼓起勇氣大聲斥責。

然後我在電話中聽到有女生噗嗤一笑，還喊：「你別鬧了。」那悅耳的聲音好熟悉，我馬上聯想起，講電話的人是林誠偉。

「林誠偉，你別鬧了。」我發出比他更冰冷的聲音——如果閻羅殿有要徵選最冷酷無情的聲音來擔任地獄播音員的話，我一定馬上入選。

「你怎麼知道是我？」林誠偉反問，他的聲音恢復正常了。

「什麼事？」我們不曾用電話聯絡過，一時間聽不出對方在電話裡的聲音，但說了幾句後，他的模樣又活靈活現的在我腦中浮現。

「你過來啦。」他提出要求。

「過去哪裡？」

「我家呀。」

「去你家做什麼？」

「我們有事找你。」

「什麼事？」

「來了就知道，快來喲！」

然後林誠偉就結束對話，在他電話掛上之前，我又從話筒中聽到男生女生的嬉鬧聲。

我心裡當然疑惑，也很好奇他們在做什麼，於是趕緊匆匆出門，想一探究竟。

一進林誠偉家的大門，就見到那支老電扇，奮力的旋轉葉扇，應該是人多，要它賣力些，所以「喀啦、喀啦」的聲響又更劇烈了。

我見到四雙眼睛饒富興味的看向我，其中一雙小眼最不懷好意。

「我來了。」我問：「什麼事？」

「聽林誠偉說，你規畫了好多任務？」李辰瑩說。

「沒有錯，前天跟妳們提過了。」

那時是林誠偉說的，雖然他加油添醋，順道吹捧自己一下，但整個計畫的重點及精神，他都有描述到。

「林誠偉剛剛又說，你有向他們提到，你的計畫是循序漸進，由小到大，像一圈圈的漣漪，或年輪，由中心出發，也就是從自己，再慢慢向外推展。聽說你還得意洋洋的跟林誠偉說，你用『遞進法』的概念，來敘寫這份作戰計畫？」張靜宜的功課好，說話也很有條理。

「我並沒有得意洋洋。」我向林誠偉瞥了一眼，說：「還有，我沒有用『一圈圈的漣漪』或『年輪』這些字眼來比喻。」

「不過你在擬訂或進行這計畫時，是有運用這樣的概念或理念？」張靜宜又說。

「沒錯。」

「那我們現在也有個任務，想請你完成。」在一旁等待許久的林誠偉突然說。

「什麼任務？」

「你說要先從自己做起，所以一開始要我們將頭髮剪整齊，將暑假作業寫完，對不對？」林誠偉說。

「呃，對。」我回答得戰戰兢兢，因為感覺氣氛怪怪的。

「那你更應該先把你自己的這項任務做好。」林誠偉理直氣壯的說。

「什麼任務……」我再問一次。

「就你爸呀。」

「我爸怎麼了？」

「你想想看，你爸整天窩在家裡不出來工作，萬一被新老師知道，我們的印象分數就會大打折扣。」

「嗯……」我沉吟著。

「別再嗯了，你應該更積極才是。」

「怎麼積極法……」

「要他出來工作呀。」

我當然也想，我阿嬤也想，只是叫不動他呀！

「走，我們現在就出發！」

「我們？」

「沒錯，全班一起去。」李家特意將「全班」兩個字聲音加重，還像和尚念經般的說著：「你要積極點、果敢點，不要猶豫，不要徬徨，說走就走，說做就做……」

我突然驚覺，林誠偉是故意的，他說的這些，都是我之前說給他們聽的。

「臉色不要那麼難看。」林誠偉說：「你前幾天施加任務給我們時，就是這麼霸道，這麼理所當然。」

我瞥見羅自傑在一旁不斷的點頭。

「而且，」林誠偉又說：「現在這項任務，的確也是搶救老師大作戰的一個重點，你想想看，每一學期老師都會家庭訪問，你我的家離學校那麼近，新老師這學期一定會來，到時如果知道你爸賴在家中不工作，他一定會覺得后化的孩子及家長怪怪的……」

說得我啞口無言，感覺林誠偉是刻意將我勸服他們的話術學起來，然後養兵千日，等待最適當的時機反擊。

「那我們出發吧。」林誠偉說：「你要盡力說服你爸，我們在你家外頭等你的好消息，還有，如果你爸願意重出江湖，我們家會是他的第一個客戶。」

四雙眼睛看著我，莫可奈何之下，我只好提起步伐，走出大門。

可能是見我心情沉重，李辰瑩走到我身邊說：「你會不會覺得壓力太大？我們只是好意，要你多鼓勵你爸，如果你真的沒辦法，就要跟我們說喲。」

我很謝謝她的善心，但是林誠偉那一番話，已阻絕我的後路，我只得硬著頭皮，帶著四位同學，緩緩的走著。

20 我家

短短幾分鐘路程，卻像在橫度撒哈拉沙漠那樣煎熬，我走得汗流浹背、口乾舌燥，好希望里長突然騎著摩托車把我們攔住，讓我吸足他的摩托車廢氣，也希望有個陌生人突然跑來問路，我會很樂意帶他前往。但這裡是后化社區，里民散去之後，只有蟬聲、風聲，以及樹枝、樹葉隨風搖擺，「嘩啦、嘩啦」的聲響。

一個人影都沒有。

可是來到我家門前時，我卻見到怪異的事。

我們家門窗緊閉，冷氣室外機「轟隆轟隆」的運作，還隱約聽到裡頭有談笑聲。

我滿腹狐疑，另外三個人更是好奇。

自從爸爸不工作後，為了節省開支，阿嬤禁止我們開冷氣。今年的暑假我有時晚上睡不好，除了心中掛念如何擬出搶救老師的作戰計畫外，房間太熱也可能是原因之一。

「你家有客人？」李辰瑩問：「是里長他們嗎？」

我們見到屋外停著里長的摩托車。

「可能是。」但是我沒法確定，我更靠近一些，覺得傳出來的談笑聲很陌生，很高亢、很熱鬧，應該不是那些聲音低沉、粗啞的年長鄰居們過來串門子。

「進去看不就得了。」林誠偉一個箭步的擋在我前頭，接著側身為我拉開紗門，要我推門進去。

我只好硬著頭皮，小心翼翼的把大門門把慢慢旋開——

啊，我一看，客廳擠滿了人，有阿嬤、里長，還有多位我不認識的客人，一、二、三、四、五……總共有五位，其中一位較為年長，其他都是年輕的男女。

「陳亦庭回來了。」有人說，我一看，更是驚嚇，居然是爸爸！他背對著我，身影被椅背擋住，所以剛剛沒見到他。

「爸……」我驚訝到說不出話來。

「怎麼了？」爸爸笑我：「看到鬼是不是？」

的確是見鬼了。雖然爸爸是剛睡醒的模樣，他有一邊頭髮蹺起，但是身上的衣著端正、整齊——乾淨的白色T恤配著深色西裝褲，這是我這一年多來，第一次見到他穿著那麼正常。

還有，他已經很久沒和朋友在客廳聊天，是什麼樣的客人，有這麼大的能耐，讓他從二樓下凡來？

「還不快叫校長、老師。」爸爸催我，還說：「一聽到你阿嬤還有里長說，校長和這麼多老師要到家裡，我就趕緊下來了——你還不快叫人。」

我心頭一驚，立刻收斂精神，只是那五位我都不相識，不知從何喊起。

「這位是校長。」可能是見我一臉困惑，里長馬上指著那位中年男子說。

「校長好。」我馬上喊。

「這是后化的新校長喲。」里長有些得意，好像和新校長熟識已久。

「校長好。」我又再次問好，聲音更為恭謹，原來這位中年男子，就是我們的新校長。

「還有這幾位都是后化的新老師。」里長又說。

「老、老師好。」

眼前這些年輕老師，剛好二男二女，全都笑咪咪的看著我，還一起對我說：「你好。」

我對他們的印象好極了，很希望他們也同樣看待我。

「還有一些人在外面是不是？」里長突然站起身往外看。

「沒錯，都是我們六甲的同學。」我說。

門把就在我身旁，我左手一送，將前門大開，讓林誠偉他們無所遁形。

「還不快點進來跟校長、老師問好，鬼鬼祟祟的，沒禮貌。」里長大聲念著。

門外的同學們嚇了一跳，就像老鼠見到貓一樣，立刻一個挨著一個的進來。

「這是我們的新校長。」我說：「快點向校長問好。」

我聲音有些得意，好像和新校長熟識已久，林誠偉他們一聽，立刻畢恭畢敬的問候。

「這些是我們的新老師。」我又說。

「老師好。」

多了我們五個，屋子裡更熱鬧，我和爸爸趕緊從後頭拿出五張塑膠椅子給大家坐，趁隙，我審視新來的老師，只見個個英氣勃勃，越看越順眼，我熱切的搜尋，仍看不出哪一位是我們六年甲班的新導師。

「你是陳亦庭？」見我們坐好，校長對我說：「你很棒、很不錯喲。」

新校長聲音宏亮，雙眼有炯炯有神。

「沒有啦。」我受寵若驚，不知道校長為何如此讚美我。

「以後后化國小就靠你囉。」

校長一說完，大家都笑起來。只有我一臉燥熱，我想跟著傻笑，卻發現喉嚨乾乾熱熱，發不出任何聲音。

「知道你們六年甲班的新導師是哪一位嗎？」校長又問。

我們五人搖搖頭。

「就是這位吳嘉恩老師。」

啊，原來是她，是位女老師。吳老師笑臉盈盈，她皮膚很白，留著長髮，但是她把頭髮綁成馬尾，看起來很精明能幹的樣子，還有，吳老師的眼睛也很大，眼珠子正咕嚕咕嚕的在我們五個人的臉上打轉。

「吳老師，妳覺得這五位小朋友怎麼樣？」校長問她。

「超棒的。」吳老師爽快的說：「每位小朋友都乾乾淨淨、整整齊齊，尤其是這三個男生，頭髮剪得好清爽，整個人看起來好有精神，真的很開心能當他們的級任導師。」

大家又笑了起來，包括我們五人。好像無話可說時，發出有禮貌的笑聲是最合適的反應，不過我是發自內心的

開心著。吳老師提到我們男生的頭髮，我看看林誠偉，又看看羅自傑，雖然他們沒轉向我，但我相信在他們心中，已認同我帶他們去剪髮的作戰任務是對的。

「其他老師是后化新的自然老師、體育老師，以及一年級導師。」校長一一介紹，我們一個個問好。

「今天全校老師都到學校準備開學事宜，我們會來這裡，是因為里長到校長室說，后化的里民為了歡迎新老師，所以早上進行了一場清掃活動。」校長對我們五個說：「還說之所以會舉辦這樣的活動，是因為昨日有三位六甲的男生，自動自發的清掃社區，是不是？」

「對對對。」林誠偉點頭如搗蒜的回應著。

「真令人感動。」校長又看向我：「聽說發起人是你。」

我雖然點頭，卻也馬上補充：「我雖然是發起人，但也需要大家一起合作進行，如果沒有其他人幫忙，我是不可能完成任務的。」

「說得好極了。」校長一臉高興的模樣：「這種想法及行動，完全符合我們十二年國教自發、互動、共好的精神。」

果然是校長，三句不離本行。

「除了打掃社區環境，你們還進行了很多作戰任務，是哪些呀？」校長興致勃勃的問我，在座四位老師，也是滿臉好奇的看向我。

我立刻如數家珍的念著：「去三芝剪頭髮、完成暑假作業、幫老黑洗澡……另外還有幾項已構思好，但還沒進行的任務。」

我故意不說我們還要兩位女生和好，免得李辰瑩她們多想，這是林誠偉給我的建議，我有把它記在心中。

「那各位老師，六甲的五位小朋友進行了那麼多任務，其實還有更心底的想法，你們知道是什麼嗎？」校長問。

有位老師搖頭，其他老師的答案則被校長否決。

「這幾位同學在進行搶救老師大作戰。」早已知道答案的校長用力的說。

「啊？搶救老師大作戰？」老師們聽了都一臉詫異。

「對，剛才說到的任務，都是作戰計畫裡的內容。」校長說：「來，陳亦庭，你來說明一下，我剛剛帶他們過來，只提到要來進行社區拜訪，認識自己的學生，並沒有把里長跟我講的，全告訴他們。」

「好……」我有些不好意思，但又想把話說出來，因為很期望自己的心聲能被老師們知道。

「我在暑假擬出一份名為『搶救老師大作戰』的計畫書，目的就是希望后化的老師能留得久一些，不要只待半年、一年就離開。」我吞了一下口水後又繼續說：「我們依據作戰計畫，在開學前緊鑼密鼓的進行任務，期望新老師能對我們有好印象，能喜歡我們，並在后化待久一點，這樣我們就不會覺得自己是沒人要的孩子了……」

「原來就這是搶救老師大作戰，還有，你們才不是沒人要的孩子。」吳老師大呼，臉上還露出燦爛的笑容，其他老師聽了都笑出來。

可能是我最後一句說得太可憐，才讓吳老師如回應。

「你們很可愛。」吳老師又補充說：「居然能想出這些任務來留住老師。」

「好，既然你們那麼在意老師會留多久，」校長突然露出頑皮的神情說：「那換你們來猜猜看，新老師見到你們這群這麼可愛、這麼努力打拚的學生後，他們會在后化待多久？」

吧！

哇！新校長也未免太愛玩猜謎遊戲了？而且，這問題也太直接了

是不是我們猜完後，校長就要老師們公布他們會待多久？新校長的作風未免也太緊迫盯人！

我們面面相覷，不知該說什麼，林誠偉最按捺不住，他身軀晃動了一下後，說了個答案。

21 老師，你要待多久？

「一年。」林誠偉說。

「一年嗎？」校長問，所有老師搖頭。

「兩年。」李辰瑩說。

「兩年嗎？」校長又問，老師們又搖頭。

「三年。」這次換我說。

這個答案太奢求，我只是隨口說說，沒想到吳老師竟毫不猶豫的回答：「不是。」

我心臟開始怦怦跳，心裡盤算著：聽吳老師的語氣，她應該不會騙我，那她要待幾年呢？如果她在后化待超過三年，那麼明年的畢業典禮，我們就不會那麼丟臉，而且我們讀國中時還可以回來看她，那時回到母校，就不會像無主的流浪狗，在校園東晃西晃，找不到自己的導師。

「我也來猜一下。」里長興致高昂的說：「我猜是五年。」

「也不是。」另一位新老師馬上否定他。

那是多久？我疑惑著，還是四年？他們會待這麼久嗎？為何四人都是四年？是校長規定的嗎？

一堆問號，像運動會施放的氣球，一個一個的在我心中浮起，有時一下這個高，一下這個低，但不管哪一個，都是讓我費疑猜的大問號。

「還是半年？」我突然想到這個答案，身體不自主的顫了一下，我轉頭看看冷氣出風口，忽然覺得室溫變得好低，是冷氣太強了嗎？

「校長。」吳老師說：「還是直接告訴他們好了。」

「好。」校長馬上說：「這樣胡亂猜下去，也沒有什麼意思，那請吳老師直接公布答案。」

知道沒有意思，為何一開始要提議玩這個猜謎遊戲？我心中嘀咕著。

「我們四位。」吳老師鄭重的對我們五人說：「至少會待——」

我屏氣凝神，像在過年時，替阿嬤刮她買的刮刮樂一樣專注，然後一個數字，飄向我耳邊——

「六……」

「什麼？」張靜宜出聲了：「為什麼是六年？」

「因為是教師甄試簡章上的規定。」校長氣定神閒的說：「根據立法院通過的法案，為了讓偏鄉學校的老師流動不要那麼頻繁，影響學校教學，所以規定從今年起，參加本市偏鄉教師甄試的老師，如果考上了，就要服務滿六年，才可以請調到其他學校。」

校長說的話我不是完全懂，我唯一清楚的是，眼前四位老師都要在后化待六年。

「六年有點久喔。」阿嬤一說，四位老師都「嘿嘿嘿」的笑著。

「沒辦法，簡章上就是這麼規定。」校長說：「好啦，那你們就不用擔心老師明年不見，不過，你們明年就要畢業了。」

沒關係！我心裡狂呼，即使明年就要畢業，但在這幾年內回后化，還是可以見到教過自己的老師，尤其是導師，那就是一件幸福的事。

可能是苦盡甘來，我突然有種想哭的感覺。

「不過我很好奇……」吳老師又說話了，看樣子她是一位大方又有行動力的老師。

「你們還有什麼其他搶救老師大作戰的任務？」吳老師說：「除了剪髮、寫暑假作業、幫老黑洗澡、打掃社區之外，你們還想到哪些？」

「有喔。」林誠偉馬上接話：「我們還有一項正要進行的任務。」

「是什麼？」有位老師問。

四位六甲的同學看著我。

22 爸爸去工作

見我低頭不語，林誠偉用力戳我一下：「你就說呀！」

「對呀！」吳老師說：「還有什麼尚未實現的任務你就直講，說不定我能幫你完成。」

「就……」我囁嚅著，聲音小到像在對地上爬行的蟻螞說話，我很感謝吳老師這麼熱情相挺，但這任務真的很艱鉅。

「你是螞蟻人喔，聲音那麼小聲。」林誠偉故意糗我。

實在沒辦法了，而且，我也想把心聲表達給爸爸知道，只是在眾人面前講，爸爸會不會覺得沒面子？

「就……」我轉頭看爸爸，接著說：「我希望我爸能繼續出外工作。」

「什麼？」爸爸跳動了一下，左邊蹺起的頭髮也跟著晃動了幾秒。

「這跟老師要留在后化有什麼關係？」爸爸問。

「當然有關係。」李辰瑩說，見我欲言又止，李辰瑩代我回答。

「請問亦庭的爸爸，」校長說話了：「你是做什麼的？」

「他是水電師傅啦。」阿嬤說：「他技術很好，這附近的人，甚至遠到三芝、金山、基隆，家裡有水電問題都會來找他。以前他工作做都做不完，想找他幫忙還要事先預約，比較不急的甚至要排到半個月、一個月之後呢。只是他這一年多，快兩年的時間都沒在工作，每天只知道在家裡睡覺，實在很可惜……」

「我爸爸前一陣子也有拜託陳亦庭他爸到家裡看一下，只是他都沒來。」林誠偉這個多話的傢伙又插嘴了，還裝出遺憾的模樣。

阿嬤念爸爸理所當然、天經地義，但林誠偉這個乳臭未乾的傢伙這時插話，就非常不應該，我惡狠狠的瞪向他，期望他有自知之明。

「那，冒昧的問一下，是什麼原因，讓亦庭的爸爸不想出去工作？」校長客氣的問。

爸爸繼續傻笑，阿嬤則大剌剌的說：「快兩年前，我那個媳婦，也就是亦庭的媽媽，說要離開這個家，亦庭他爸從那時就——」

「媽。」爸爸打斷阿嬤的話，「別說了。」

「媽媽離開，跟爸爸不工作有什麼關係？」林誠偉又說，只是他話才剛說完，就聽到「啪」、「啪」的兩聲，是李辰瑩和張靜宜各捶他一下。

「幹嘛打我？」林誠偉哀號著：「我媽也是和我爸離婚，後來嫁到臺北去，我不也一樣每天上學放學，我爸和我阿嬤也是一樣，每天上班下班……唉喲……」

「好了，林誠偉你別說了，妳們兩個女生也別打他了。」吳老師制止大家。

可能是覺得尷尬，現場一片寂靜，沒人說話。

林誠偉的講法其實沒錯，因為社會課本有提到，要以多元的角度看待家庭組成，單親、隔代教養或是核心家庭等，和傳統大家庭一樣，都是現代家庭的一種，應該以平常心看待。

只是每個人對事情的感受不同，這也必須要尊重。

過了數秒鐘，吳老師像想到什麼似的，猛的抬起頭來。「校長，我想請亦庭爸爸幫忙，不知道可不可以？」她說。

「什麼事？」校長問。

「對呀，什麼事？」爸爸說：「只要校長、老師需要幫忙，我都會盡力去做。我也是后化國小畢業的，還是田徑隊呢！老師把我們男生揍得很慘，但我還是很懷念以前的老師。」

爸爸一臉得意，不知是因為參加了田徑隊，還是常被揍，而沾沾自喜。

「好，那我就直講。」吳老師：「前幾天我搬進學校宿舍住，發現前廊的電燈不亮，換了燈泡也沒用，這樣我晚上回宿舍時，會有些不方便，所以我想請陳亦庭的爸爸幫忙看一下。」

「我的也有問題。」另一位老師接著說：「我們那一排宿舍的水塔還是馬達有問題，水龍頭一直沒水……」

「我住的那間馬桶不通，每天都要拿吸盤吸，很噁心……」

「我的洗衣機……」

宿舍的水電問題排山倒海而來，校長趕緊煞車，統一回應：「你們沒向總務主任反應嗎？」

「有哇，主任有聯絡合作的水電廠商，只是他們沒空過來，我們只好繼續忍耐，或到別間宿舍洗澡、上廁所什麼的。」

「這……」校長眉頭緊皺：「我再去催主任一下，要他趕快處理。」

「校長。」爸爸說話了：「如果學校願意的話，我可以馬上去處理。」

我一聽，嚇了一跳。

「真的嗎？」吳老師開心的說：「校長，可以嗎？」

「如果亦庭的爸爸願意幫忙，那當然可以。」校長說。

「沒問題，我很樂意。」爸爸說：「不只是今天，以後學校如果有什麼水電問題，我都可以幫忙，反正我這裡離學校那麼近。我之前是怕學校有固定合作的廠商，所以不好意思講。」

「太好了，我待會兒就聯絡總務主任。」校長說。

「那我家呢？」林誠偉在一旁吵著：「我家也要。」

「可以。」爸爸突然很「阿莎力」的說：「現在是先預約先贏。」

爸爸的意思是，他要重出江湖，開始去工作了嗎？

「耶，太好了。」林誠偉歡呼著。

等一下，先別急著開心，我告訴自己先做個確認，免得到時候失望更大。

「爸，」我問：「你要開始工作了嗎？」

「對呀，不然呢？」爸爸反問我。

「意思是，今天做完學校的部分，接下來你會繼續去接外面的工作，像以前那樣，天天到處跑嗎？」

「當然啦。」爸爸說：「我從來都不知道你那麼期望我去工作，還把我列在作戰計畫裡。以前都只聽到你阿嬤在念我，現在關連到搶救后化的老師，我當然要繼續去工作。」

「什麼我念你？」阿嬤不滿了：「我念你，你就不理睬，要搶救老師，你就馬上跳出來，你怎麼可以這樣欺負我老人家……」

阿嬤雖然抱怨，但也不全然在責怪爸爸，阿嬤誇張的語氣讓大家聽了笑哈哈，籠罩在客廳的霧霾迅速散去，從室外照進來的陽光，讓屋裡四處發亮，大家臉上一片欣喜，校長、老師們輕鬆的拿起桌上的茶杯喝茶，屋子裡談笑聲不斷。

好久沒見到家裡這麼熱鬧了，就像小時候過年一樣，那時鄰居們都會到家裡拜年，媽媽泡茶，爸爸、阿嬤和客人們談笑，我們這些小朋友則在外頭放鞭炮……

忽然，我覺得眼睛酸酸的，視線還有些模糊，再過一會兒，一滴淚水竟「噠」的一聲，滴到手臂上。

「陳亦庭哭了。」張靜宜驚呼。

她不嚷嚷我還可以忍耐住，經她這麼一說，滾滾淚水開始嘩啦嘩啦的直洩而下。

「什麼啦，高年級還哭。」我聽到坐在隔壁的羅自傑說。

「對呀，你哭什麼？」林誠偉揶揄我：「你是模範生耶。」

「啊，這孩子應該是太開心才這樣啦，老師要留下來，爸爸也願意開始工作，心情一下放鬆，才哭出來。他以前都不會這樣，從小也不太會哭，應該是開心的關係。」阿嬤慌亂的解釋，並安慰我：「亦庭不要哭，幹嘛哭？」

「對呀，不要哭，有客人耶。」爸爸也制止我：「你們的校長、老師在這裡呢。」

可是，已經潰決了，還止得了嗎？就像小時憋住尿意，到最後忍耐不住，乾脆撒手不管，「嘩啦、嘩啦」的沖下去，雖然一褲子燥熱，但那種暢快感，也是一種解放，一種宣洩呀！

我好想再次解放、宣洩，於是「哇——」的一聲，嚎啕大哭——我盡情的哭，放聲的哭，我是多久沒哭了？兩年、三年，還是四年、五年？說不定心裡累積的情緒，已達數十年、數百年……

後來是李辰瑩跟我說，大家全停下動作看我哭。這時，吳老師像個女俠般的，抄起桌上整盒衛生紙，欺近我身旁，她將我扶起，向阿嬤請教之後，就領我到後頭的廚房。

我那時視線模糊，所以任由吳老師帶著。

其實我已經抒發得差不多，心裡也在克制，來到廚房後，我不再大哭，而是抽抽噎噎的聽著吳老師說話。

「沒關係，你就盡情的哭，把心裡的委屈都哭出來。」吳老師鼓勵我：「這裡沒其他人，你想用力哭、大聲哭都沒關係。」

吳老師就這樣很有耐心的，讓我將心中的情緒發洩完。

只是她接下來的話語，又讓我淚流滿面。

「你不是沒人要的孩子。」吳老師說：「你這個搶救大作戰的計畫，除了搶救老師，也在搶救自己，對不對？」

我愣了一下，我深思熟慮的一整個暑假，怎麼沒想到，這個搶救老師的行動，其實也是在搶救自己？

「我跟你說，媽媽會離家，不是你的錯，你已經做得很好，不要再怪自己做錯什麼，好嗎……」

聽到這裡，我又開始淚眼模糊的像個淚人兒。只是再次掉淚不是為了家裡、為了后化，而是因為吳老師了解我、懂得我，而感動，而高興……

23 搶救老師大作戰，成功！

校長、老師們離開後，李辰瑩他們留下來幫忙收拾。

「喔，你這個哭包，不知在哭什麼？」林誠偉又念我，然後「啪」、「啪」兩聲，李辰瑩她們又各自賞他一記飛拳。

「別打了。」林誠偉唉叫著：「再打，我就要告老師、告主任、告校長。」

「陳亦庭最後那一哭，讓整個搶救老師大作戰畫下完美的句點。」張靜宜說。

「還不能停。」我說：「作戰任務要持續下去，包括功課、頭髮，以及身上的衣服，每天都要完成，都要整理得乾乾淨淨。」

「喔。」羅自傑抱怨著：「我不寫功課，老師一樣會留下來，所以不寫也沒關係吧。」

「不行。」我和張靜宜異口同聲的說。

「新老師要留在后化六年，好像在讀國小一樣，好可憐喲……」羅自傑見我們目露凶光，一副凶神惡煞的模樣，趕緊說些有的沒有的。

「開學後，我要向其他人說，陳亦庭在老師、校長面前哭。」林誠偉趕緊為他的好兄弟解圍。

「你敢亂講，我們就給你好看。」張靜宜威脅他。

「陳亦廷這麼辛苦的設計任務，你還要損他，真是一點良心都沒有。」李辰瑩念他。

「對呀，良心被狗吃了。」張靜宜繼續說他。

「我看他的黑心肝，如果送給老黑吃，老黑連聞都不會想聞一下。」

……

兩個女生不停的數落，快招架不住的林誠偉可憐兮兮的望向我這裡，然後他大呼：「我們來喊一下口號，好不好？」

「什麼口號？」兩位女生問他。

「我喊完第一句，你們就接著喊『成功』兩個字。」

不再給女生們發問的機會，林誠偉馬上大叫：「搶救老師大作戰──」

「成功──」我們很有默契的跟著一起用力喊。

然後我發現林誠偉喊得最大聲。

後記

我曾在一所離家兩百公里外的偏鄉小學任教四年，這個故事就是以我在那裡的經歷發想出來的。

偏鄉小學就是位在很鄉下的學校，那裡人煙稀少，而且交通不便。偏鄉小學似乎都有悠遠的歷史，輝煌的過去，但鄉間人口流失後，不僅學生人數急遽下降，連大眾運輸工具也跟著消失不見——這不能全怪客運經營者，因為公車開到那裡根本載不到幾個乘客，也賺不了錢。

所以到偏鄉教書的老師們，大都必須住校，或在當地租房，而且最好自備交通工具。

幸好我會騎車、開車，也擁有這些交通工具，在偏鄉服務的那幾年，有時假日留在學校沒回家，實在不想再吃自己烹調的食物，我會到鄰近的市鎮，買個便當回宿舍，接著把便當照傳送給親友，說我開車來回三十公里，就只為了換口味、打牙祭，除藉此博取同情，也順道打發孤寂的山居歲月，或是海濱生活。

沒錯，我服務的那所遠得要命的學校，就位在靠海的山上，我前兩年住在山裡的學校宿舍，因為不想終日與山中的蟲蛇共處——我應該是占據了牠們原本的家，所以蜈蚣時常鑽進我房裡，眼鏡蛇就在我窗外的水溝蓋上溜過去，後來我乾脆搬下山，到海邊居住。

只是不管住在哪裡，在偏鄉的日子，想要出門就得先安排交通方式。可能根深柢固的在地居民已習以為常，但對外地來的老師，是有些不便，所以只要聘約到期，大都會趕緊調離那裡。

這故事就是在這樣充滿豐富生態，以及思鄉情切的背景下，設想出來的。

故事中的主角力求表現，希望能給新老師一個好印象，同樣的，有些老師也是使出渾身解數，想在小朋友心中留下一個完好的形象。

不過更重要的，不管是偏鄉小學，還是位在都會區的小學，都需要有好老師來陪伴他們、引領他們。

小朋友會捨不得老師離開，但如果接著帶領他們的，又是一位不錯的老師，我想老師的離開就會成為甜美的回憶，而不是悵恨與惋嘆了。

最後要補充的，就是我這故事寫得很倉促。前幾年為了參加教師甄試，想成為公立小學的老師，我沒有餘力去創作較長篇的故事，完成教師甄試的任務後，我則因為怠惰而不去創作，我那已到耄耋之年的爸媽覺得可惜，於是不斷鼓勵我要再動筆，就在今年過年前，他們又用客家話跟我提：「要寫書了。」心中羞愧心一起，我趕緊利用少兒文學獎截稿日前的二十多天完成這故事。事情倉促就一定會有疏漏，這要請讀者們見諒，然後我也要謝謝讀完這本故事書的讀者，謝謝你們讓我完成爸媽對我的期許，因為你們也是我創作的動力來源。

鄭丞鈞 於二〇二二年九月

稚氣下的成長之勇與成長之苦（導讀）

鄭淑華

《搶救老師大作戰》是以兒少主角為第一人稱的敘事觀點，看題名會令人好奇「老師」究竟遭遇了什麼困難，需要搶救？再閱讀下去，會發現發動搶救行動者，其實才是呼救者，行動背後傳達的正是主角面臨的困境與焦慮。作者試圖透過兒少視角，反映夾處大人世界、在大人主導的社會框架下，成長中難以說出的煩惱。

場景設定在臺灣東北角的海濱山區學校——后化國小，當地靠山面海，交通不便，氣候不佳，長年潮溼，因為發展條件不利，產業蕭條，社區人口外流，原本學生人數百人的小學，也日漸萎縮，如今只剩三十二名學生，因此從「偏遠小學」變成了「特偏小學」。這是臺灣典型偏鄉小學校的縮影。

高齡少子化問題，還有因此拉大的城鄉差距，怎麼弭平？怎麼創生？是當前許多國家都頭痛的議題，臺灣也把問題提升到國安層級。這樣的背景設定有些沉重，不過故事的基調是輕鬆詼諧的，有時還有些無厘頭，整體節奏明快，並沒有落入這類議題常有的悲情中，反能有反差的趣味。

中二計畫其實不中二

故事開始於開學前五天，即將升上六年級的主角陳亦庭提出「搶救老師大作戰計畫書」，鼓起勇氣找上班上的兩個麻吉，也是六年級唯一班級的另外兩名男同學，加入作戰計畫。這是主角經過整個暑假苦思擬定的計畫，目的要讓新學年來上任的新老師能夠久留在后化國小，不要像之前一樣，老師一年換一個，有的老師甚至只待一個月就走人，好像后化的孩子都像沒人要教的學生。學長姊的畢業典禮上，學校採用歷任老師的合成照片回顧畢業生的六年生涯，創意的作法，在畢業典禮獲得了滿場「笑果」。

但是，對於明年即將畢業的陳亦庭而言，他可不想要，他期待新老師最起碼能陪伴他們順利畢業，更期待畢業後，老師還留在學校教書，當偶爾回母校時能看到老師，回味小學的學習生活。因此，他要設法讓新老師能喜歡他們，喜歡后化社區，願意留下來。

大作戰的動機單純而稚氣，卻是孩子真實的心聲。而說起作戰計畫的內容，像是約束自己和麻吉的男同學要剪頭髮，每天洗澡、洗頭，每天帶T恤替換，避免全身汗臭；每天要寫完作業；要化解班上唯二兩名女同學的心結；幫校狗老黑洗澡；撿拾后化社區的垃圾……這些計畫看來好像有點「中二」，有點稚拙。

然而，社會的困境，大人的困境，不會只是大人有感受，小孩也同樣有感受，只是少有人會去問問孩子的感受是什麼吧。又或者說，大人有感受，卻是知易行難，說多做少，反而是「中二」未滿的兒少，沒有世俗框架包袱，更敢於發起不怕被嫌稚氣的作戰計畫，更顯有行動力吧。

當今社會，隨著公民教育的啟蒙越來越普及，由兒童帶動公共議題或社會行動的事例，其實不少，像是巴基斯坦少女馬拉拉爭取女孩的教育權；瑞典女孩童貝里發動星期五行動，抗議大人不夠重視氣候變遷議題等都是。襯映周遭大人的缺乏作為，陳亦庭的作戰計畫其實並不「中二」。

搶救大計畫未完待續

主角是學校的模範生，雖然該校僅有三十二名學生，不過模範生選拔還是經過民主程序的，需要政見發表，遊說、拉票，所以陳亦庭擅長滔滔不絕的論說長篇大道理，還經過「競選」的實戰洗禮。就在他的強迫推銷下，兩名麻吉男同學半推半就的、不情不願的最早配合了作戰計畫。

事實上，計畫前，主角早就策動了阿嬤加入計畫推演，還有工友郭哥阿伯也配合逼真演出。後來，阿嬤還悄悄的背著孫子遊說里長幫忙，也使里長號召里民加入，終於促成小學生的搶救行動，擴大成了社區參與，大人跟在孩子後面行動，總算逐漸擴大聲量。整個看似幼稚而搞笑的搶救行動也呈現翻轉希望。

也許讀者已發現，自認為擅長長篇大道理論說的陳亦庭，唯獨對整天在二樓睡覺的爸爸，無法發揮這項功力。父母原是孩子成長期的支柱，心靈安定、安全的來源，如今因為大人世界難以理解與無法介入的問題，孩子只能默默接受事實，自從媽媽離家後，爸爸兀自沉溺在自我的失意中，無法自拔，因而忽略孩子對父母關愛的需求。雖然還有疼愛他的阿嬤照料日常生活，但是再慈愛的呵護，就像阿嬤的愛心餐點，滿桌中式早餐中點綴的西式炸雞塊，終究難以完全替代、填補孩子對父母情感的渴望。

母親的離開，家裡沒人談起，而僅剩最想倚賴的爸爸，卻一直無法振作。幾次場景，主角看到父親久久停放在家裡沒有開出去的藍色小貨車，還有社區居民想請爸爸幫忙修水電，明知父親在二樓睡覺，主角都刻意迴避，在在無言傳達主角難以說出的焦慮與苦楚。

整個故事正當搶救行動發展有起色，社區開始凝聚共識時，新任校長及老師安慰陳亦庭等同學，並且轉告政府已經注意到偏鄉教育的問題，修改了法令好讓偏鄉老師不再頻繁異動，似乎讓作戰計畫的行動匆促畫下句點，失去了後續推力。但是，讀者對故事還是有懸念的，爸爸是不是聽見陳亦庭的呼救聲？

故事最後爸爸終於從晦暗失意中踏出第一步，為主角的內心照進一絲曙光。不過，孩子鼓起勇氣發動的作戰計畫，依然渴盼、等待著缺席的大人積極加入。搶救大作戰，未完待續！

‧本文作者鄭淑華女士為《國語日報》總編輯。

評審的話

周姚萍（作家）：

　　以節奏流暢、輕鬆易讀的情節，呈現偏鄉難以留住教師的現狀；生活化的故事極易抓住兒童讀者的心。

　　既為大作戰，自然出現一連串難題，然而，難題往往在不太費力的狀況下迅速獲得解決，少了些峰迴路轉，也較難產生期待中的張力。另外，「搶救老師」看來是主角為填補內心空缺而誕生的計畫；此空缺導自他的母親離家，父親因此一蹶不振，宅在家不肯外出工作，所以，若能對此多埋些線索加以布局，隱隱拉出一條軸線，與大作戰計畫表裡呼應，故事將更顯立體有力。

謝鴻文（林鍾隆兒童文學推廣工作室執行長、兒童文學作家）：

偏遠學校教師流動頻繁，孩子必須不斷去適應新老師，若年輕的老師也無心在偏鄉深耕，只是將其視作一個驛站，間接影響教學的熱情奉獻與積極態度時，那就造成學校、地方、老師與學生全面皆輸的窘境。可惜的是，這樣的窘境在臺灣存之已久，直到二〇一七年立法院三讀通過《偏遠地區學校教育發展條例》，規定專為偏遠學校甄選的教師要六年才能請調。不過，此約只限公費分發的教師，若是參加教育部或各縣市舉辦的聯合教師甄選錄取分發到偏遠學校，還是只要三年就能請調。可見這樣的新法實施固然有些成效，但仍無法全面改善。

這篇小說以此為背景，探討偏鄉教育現場問題是寫實的，文字具有臨場感，流利生動；孩子自發搶救老師留下的作戰任務，在作者的筆觸描寫下則是滑稽有趣，卻又帶點天真幼稚的。怎麼說天真幼稚呢？比方任務四要為校狗洗澡，讓牠體面迎接新老師，給新老師好印象。文中描述的所有任務，基本上都是表面工夫，對於問題解決只能治標不治本。換言之，作者雖然初衷良善想要深入探討一些問題，可惜又把解決方法簡化到有點一廂情願了。但我們仍要肯定幾個孩子的暖心善意，他們的形象刻畫立體栩然，元氣活潑，單純得讓人疼惜。

倘若故事能再強化孩子與社區共同參與，動機意志的展現更清晰堅定也有策略，問題的陳述與思索，將會更有力深擊人心。

九　歌　少　兒　書　房　2　9　2

搶救老師大作戰

國家圖書館出版品預行編目 (CIP) 資料

搶救老師大作戰 / 鄭丞鈞著 ; 吳嘉鴻圖 . -- 初版 . -- 臺北市 : 九歌出版社有限公司 , 2022.11
面 ;　公分 . -- (九歌少兒書房 ; 292)
ISBN 978-986-450-496-1(平裝)
863.596　　111016170

作　　者——鄭丞鈞
繪　　者——吳嘉鴻
責任編輯——鍾欣純
創 辦 人——蔡文甫
發 行 人——蔡澤玉
出　　版——九歌出版社有限公司
臺北市 105 八德路 3 段 12 巷 57 弄 40 號
電話／02-25776564・傳真／02-25789205
郵政劃撥／0112295-1

九歌文學網　www.chiuko.com.tw

印　　刷——晨捷印製股份有限公司
法律顧問——龍躍天律師 ・ 蕭雄淋律師 ・ 董安丹律師
初　　版——2022 年 11 月
初版 2 印——2024 年 8 月
定　　價——300 元
書　　號——0170287
I S B N——978-986-450-496-1
9789864505005（PDF）